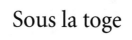

Sous la toge

Nathaly Dufour

Sous la toge

www.quebecloisirs.com

Les personnages mentionnés dans ce livre ainsi que leur nom sont entièrement fictifs. Toute ressemblance avec des personnes ou des noms réels n'est que pure coïncidence.

UNE ÉDITION DU CLUB QUÉBEC LOISIRS INC.
© Avec l'autorisation du Groupe Librex inc., faisant affaire sous le nom de Les Éditions Alain Stanké
© 2009, Les Éditions internationales Alain Stanké , une division du Groupe Librex inc.
Dépôt légal — Bibliothèque et Archives nationales du Québec, 2009
ISBN Q.L. 978-2-89430-925-4
Publié précédemment sous ISBN : 978-2-7604-1068-8

Imprimé au Canada

À ma tribu

«La vie est compliquée, mais je me ferai compliquée pour la comprendre. Sinueuse? Je me collerai à mes fantasmes pour extraire la part de moi qui me fera entrer dans la réalité. Ma réalité. Jusqu'au bout.»

Moi d'abord
Katherine Pancol

Toge

La toge (du latin *toga*) est le vêtement des citoyens de la Rome antique ; elle s'est diffusée à l'aristocratie du monde latinisé jusqu'en Égypte. C'est avant tout un costume d'apparat, lourd et encombrant.

Les femmes ne portent pas la toge, sauf si elles ont été convaincues d'adultère ou si ce sont des prostituées. Pour la femme, la toge est donc une marque d'infamie.

Wikipédia

1

— Ce n'est pas compliqué Caroline… Dès que tu *penses* à un client, tu factures quinze minutes.

— Je comprends, mais si la tête du client me traverse l'esprit comme ça, tout bonnement, histoire de me rappeler qu'il faut que je planche sur son dossier, je ne vais quand même pas…

— Quinze minutes, Caroline. Minimum quinze minutes !

Elle sort de la bibliothèque, me laissant en plan devant le petit calepin dans lequel je dois consigner la moindre fraction de seconde du temps passé entre les quatre murs de la vénérable institution qu'est Tremblay, O'Connell et Vautour, avocats. Me Latulippe est la responsable des stagiaires. Elle venait de débarquer, l'écume aux lèvres, pour me signaler que mon premier mois de stage se solde par un nombre nettement insuffisant d'heures chargées aux clients. « À ce rythme-là, avait-elle ajouté avec un petit sourire en coin, tu ne risques pas qu'on te fasse l'insigne honneur de t'offrir un poste après le stage. » *Ce qui doit bien faire ton affaire, face de pet,* ai-je furieusement eu envie de lui balancer. Mais je me suis retenue. Je ne suis même pas certaine d'avoir la permission de la regarder droit dans les yeux…

C'est qu'il y a une hiérarchie bien précise qui régit les cabinets d'avocats. Tout au bas de l'échelle, on trouve l'étudiant en droit. Pas encore stagiaire, son statut se situe quelque part entre la gentille dame qui vient vider les corbeilles en fin de journée et la charmante réceptionniste qui se fait les ongles à toute heure de la journée. De la bleusaille. De la chair à canon à qui on confie parfois l'insigne tâche d'aller se faire enguirlander par un juge excédé par un énième report de cause. La joie. On en redemande.

Au-dessus du bleu de service, il y a le stagiaire. Ah! Le stagiaire! Tout fier d'avoir passé tous les examens de l'École du Barreau! Il est pétri de fierté, notre stagiaire. L'œil brillant, il s'imagine déjà plaidant la cause qui fera jurisprudence devant la Cour suprême. Il est gonflé à bloc, prêt à abattre du boulot et à charger aux clients les heures conséquentes. Il sait très bien que la compétition sera féroce, car il n'est pas seul. En général, on les engage à coup de deux, trois ou plus, tout dépendant de l'importance de la firme. On les installe dans un bureau où ils seront bien à l'étroit et hop! on les regarde s'entre-dévorer. Il y a parfois des exceptions. Luc, le stagiaire avec qui je partage la table de la biblio, est un gros toutou gentil et adorable qui ne ferait pas de mal à une mouche. Résultat: il fait un stage barbant où on ne lui confie aucune véritable responsabilité. Il s'emmerde. Mais il est si gentil…

Pour arbitrer le stage, il y a également le ou la responsable des stagiaires. Avocat de quelques années de pratique, le personnage se souvient encore de son propre stage. C'est bien là le problème. Il peut être le meilleur ami du stagiaire, à la fois confident et épaule compatissante au besoin. Il peut aussi être son pire cauchemar. Chanceuse comme je suis, Me Latulippe tombe dans la deuxième catégorie. Je la fuis comme la peste. Dès le premier regard, elle m'avait dévisagée des pieds à la tête, m'avait jaugée, puis collé l'étiquette «gougoune-sans-cervelle». Je n'avais même pas encore ouvert la bouche. Faut la voir circuler dans le bureau du pas pesant et pressé de celle qui ne se peut plus d'elle-même. Je fais gaffe, quand je tourne un coin, car elle m'a déjà rentrée dedans et m'avait fait valser jusque dans le mur. C'est que madame est très sportive, porte des blazers à épaules de footballeur complètement démodés (même avec mon sens médiocre de ce qui est *in* et *out*, je sais cela) et ne signale pas quand elle envisage de tourner. Moi, je suis plutôt du genre « montée sur un *frame* de chat ». Je ne suis pas de taille. Donc, comme je le disais, je l'évite autant que je peux. Et elle le sait très bien.

Et puis il y a le maître de stage. L'officiel. L'important. Celui de qui tout dépend. Me Vautour me terrorise. Lorsqu'il me réclame, souvent par un retentissant « CAROLINE ! » hurlé de son bureau, je me pointe, le cœur battant la chamade et esquissant un signe de croix avant d'entrer dans l'antre du fauve. Il ne sourit pas souvent, Me Vautour. Parfois, un petit rictus carnassier se dessine. Je n'ai pas beaucoup travaillé avec lui depuis un mois. Je soupçonne qu'il n'a aucune confiance en moi, car il préfère confier ses trucs au nouvel étudiant. Brillant comme tout, bardé de prix et d'honneurs, il a tout du jeune loup prometteur. Un vrai *golden boy*. Je ne peux pas lui en vouloir, il est trop charmant. Drôle à mourir et hyper sympathique. Sauf qu'il doit s'absenter quelques semaines afin de participer à un concours de plaidoirie (qu'il va sûrement gagner) et que Me Vautour a un procès qui débute sous peu. Un truc bien juteux avec de grosses sommes en cause. Il a donc dû se rabattre sur moi pour préparer la cause.

Ce qui veut dire que je me lève à cinq heures tous les matins afin d'être au bureau à six. Je débarque, l'œil glauque, café et roussette française à la main. J'ai des heures et des heures de recherche, des milliers de photocopies et des dizaines de résumés à faire. Mais le point de droit est intéressant. Un cas d'abus de droit présumé de la part d'une banque contre un petit entrepreneur. Notre cabinet représente la banque. Le cas est limite et la balance peut pencher d'un côté comme de l'autre. Je dois donc être performante. J'en suis capable. Je suis extrêmement forte. Vautour ne le sait pas encore, mais je vais lui en mettre plein la vue. Je vais tout lui préparer et il n'aura qu'à se mettre ça en bouche devant le juge. Le seul hic, c'est que le procès doit se dérouler à La Malbaie et qu'il doit durer une semaine. Pas sûre que j'ai envie de me taper le trajet, les déjeuners, les dîners et les soupers avec le maître de stage. Rien à lui dire, moi. Quoi qu'il en soit, il me reste exactement un mois pour ficeler le tout et me faire à l'idée.

***

Le mois de juin est grandiose à Québec cette année. Chaud, sec et invitant. Lorsque je reviens du bureau, le soir, les terrasses semblent m'appeler avec leurs parasols colorés et les pichets de sangria bien glacée sur les tables. La tentation de m'y installer, d'enlever discrètement mes chaussures trop étroites et d'y prendre doucement racine jusqu'à tard dans la nuit est grande. Mais je suis crevée. Alors je poursuis ma route jusqu'au petit studio où j'habite dans le Vieux-Québec, je monte péniblement les quatre étages et, pestant contre la voisine d'en bas, l'affreuse Mme Richer, qui a encore soupé d'un poisson dont l'odeur monte jusque chez moi, je m'effondre sur mon canapé.

Évidemment, je passe les journées à me saturer de caféine et de trucs plus ou moins nourrissants attrapés au dépanneur. Alors quand je débarque finalement chez moi, je suis toujours affamée et je me tape la plupart du temps une bonne petite migraine bien sentie. Bien que j'adore cuisiner, je ne succombe à cette passion qu'occasionnellement, *because* un, je vis seule, deux, après une bonne journée de dix heures au bureau, le plat minceur surgelé ou la boîte de soupe Campbell's font la *job*, et trois, je déteste laver la vaisselle. Il y a bien les copines qui débarquent à l'occasion, le vendredi soir, et qui par la razzia effectuée à la SAQ me forcent à improviser un petit festin. Mais comme on roule joyeusement sous la table en fin de soirée, je me tape quand même la vaisselle le lendemain. Sans compter les remarques assassines de Mme Richer, qui passe son temps à faire le décompte des bouteilles vides dans mon bac à recyclage… La vieille picouille, veuve depuis au moins un siècle, a probablement achevé son mari à grands jets de fiel. Depuis, son seul plaisir réside dans l'observation de la faune qui l'entoure. Tous des dépravés, moi y compris, selon elle. Une vraie plaie. Un pied dans la tombe et l'autre dans la bouche.

Donc, parlant des copines, Eugénie a beau dire qu'elle s'occupe de tout, elle finit toujours par délirer à propos de sa mère qui ne la comprend pas, de son père qui n'était jamais là et de ses sœurs qui sont tellement plus belles qu'elle. On est habituées,

Val et moi. Il faut lui caresser les cheveux, lui dire qu'elle est magnifique. Et elle l'est : une panthère andalouse au déhanchement qui tue. Eugénie ne supporte pas l'alcool. Ou alors très peu. Mais elle s'entête à nous suivre, Valérie et moi, dans nos libations, ma foi, assez dionysiaques. Résultat : on se tape un mal de bloc. Prévisible. Eugénie, elle, finit toujours la tête dans la cuvette, pathétique avec le coulis de bave qui dégouline du coin de sa bouche charnue dans les minutes qui précèdent la grande débâcle. « Faut que je me brosse les dents ! C'est ça le truc ! » marmonne-t-elle systématiquement le lendemain matin. Ça, c'est sa nouvelle théorie, sa dernière lubie. Se brosser les dents après chaque bouteille consommée éviterait de gerber en finale… « Ben fais-le, la prochaine fois, ma puce ! » que je lui dis pour la énième fois. « Oui, mais rappelle-le-moi, OK Caro ? » Je veux bien, moi, mais ma mémoire et mes bonnes résolutions diminuent la plupart du temps au même rythme que le *vino* dans la bouteille.

Valérie a l'estomac plus solide. J'ai mon idée là-dessus. Val incarne la dignité, le standing et la classe. Elle est impec, ma copine. Jamais un cheveu de travers. Pas un fil qui dépasse. Jamais une faute de goût dans l'habillement, alors que moi je me plante une fois sur trois. Je n'ai pas l'air de la chienne à Jacques, mais disons que pour un éclair de génie côté agencement, je me tape quelques bides qui lui font lever les yeux au ciel. « Caro, à quoi t'as pensé ? Le chandail a l'air tout droit sorti d'un TipTop. » Ouch. Val, c'est la seule qui ait le droit de commenter ma tenue vestimentaire, car elle, c'est la déesse, la reine du bon goût tendance, mais pas trop. Le dernier truc hyper *fashion* ? Très peu pour elle. Elle investit dans les valeurs sûres, le bien coupé, les tissus riches et de qualité. Quand elle me tape trop sur les nerfs, je l'appelle Mme Holt Renfrew. Mais je pense que, dans le fond, ça la flatte…

Valérie ne finit donc jamais la tête dans le bol de toilette. Trop *vulgus*. Trop bas. À la limite, elle pourrait passer pour une coincée de première. C'est en tout cas l'impression que j'ai eue la première fois que je l'ai rencontrée, au début du bac, dans l'excitant cours Théorie générale des biens. Elle était assise une rangée plus bas, de biais avec moi. Elle portait une veste en lainage, un pull assorti et un carré de soie Hermès habilement noué par-dessus. Personnellement, je n'ai jamais compris comment on fait pour avoir de l'allure avec ces foutus foulards de soie. Les fois où j'ai tenté de m'en draper dignement, j'avais l'air d'une mémé. En l'observant, ce matin-là, je m'étais tout à coup sentie quétaine. J'avais opté pour un tailleur sport d'un beige *drab* (c'est un pléonasme, je sais) dont la coupe laissait à désirer, le tout assorti de talons hauts de la même couleur. Et j'étais trop maquillée. C'était une de ces «une fois sur trois»… Et ça n'allait pas être la dernière. Pourtant, ce matin-là, j'avais bien eu l'impression d'être chic et de bon goût. Cela avait confirmé une théorie – une de mes innombrables théories –, à savoir que le bon goût est soit inné, ce qui n'est manifestement pas mon cas, soit acquis sur les bancs d'une école privée, ce qui n'est pas mon cas non plus. Je crois que Valérie est l'incarnation parfaite de ma théorie, deux sur deux.

Je ne connaissais strictement personne au début du bac, et je n'aurais pas misé gros sur le fait que Valérie deviendrait une copine. Trop *stuck up* à mon goût. Pourtant, quelques semaines plus tard, elle était venue s'asseoir à ma table, à l'heure du lunch.

— Salut… Caroline hein? Moi, c'est Valérie Lemaire.

— Grenier. C'est mon nom de famille, avais-je répondu, un peu niaise.

C'est fou ce que les personnes impecs me rendent mal à l'aise.

— Je peux dîner avec toi?

— Ben oui.

— Merci, avait-elle fait en dégageant une série de dents étincelantes de blancheur et à l'alignement parfait. Tu manges quoi?

— Poutine. Oui, je sais, c'est un peu dégoûtant, mais…

— Miam miam. Je vais m'en chercher une.

Wow! Ça mange des poutines, ces filles-là? Je comprends qu'elles ne peuvent pas se nourrir exclusivement de foie gras et de sushis, mais quand même, la poutine, ça fait bas de gamme, non?

— T'as fait ta recherche pour le cours de droit pénal de demain ? m'avait-elle demandé en engloutissant une impressionnante bouchée de frites et de fromage en grains dégoulinante de sauce brune.

Ah ! Il me semblait bien qu'il y avait anguille sous roche. Elle n'a pas fait sa recherche et veut me faire le coup du « Pourrais-tu me dépanner pour le cours de demain ? J'ai été trop occupée à faire la rotation de mes vestons griffés dans l'immense walk-in de l'énorme maison de papa et maman. Ensuite, j'ai dû m'astreindre à un exercice fort éprouvant de dégustation de vins de glace pour la petite sauterie que je donne le week-end prochain. Comme tu as l'air d'une fille qui n'a pas vraiment de vie sociale, j'imagine que ta recherche est toute faite, parfaitement, et que tu accepterais de la partager avec moi ? » avais-je songé.

— À vrai dire, je pensais plancher là-dessus ce soir. Je n'ai pas eu le temps. Tu sais, je travaille une quinzaine d'heures par semaine, en plus des cours, alors…

— Moi aussi ! C'est vrai que ce n'est pas toujours facile à gérer. Je travaille chez Simons une vingtaine d'heures et j'avoue que j'en arrache, moi aussi, parfois. Je peux te refiler ma recherche si tu veux. Tu me rendras la pareille si je me retrouve dans le jus à une autre occasion.

Oh boy ! Pour être dans le champ, je l'étais, et pas à moitié. Elle travaillait ? Moi qui croyais qu'elle faisait partie de cette clique du bac qui bénéficiait d'un laissez-passer toutes dépenses payées par Papa le juge ou Maman Mme la présidente d'une corpo bien en vue.

— C'est super gentil, Valérie. Je pense que je vais être capable de finir ce soir, mais c'est vraiment sympa de ta part.

— Bof, ça me fait plaisir. Tu travailles où, au juste ? m'avait-elle encore demandé en s'enfilant ce qu'il restait de bouts de frites et de sauce dans le fond du plat d'aluminium.

— Je fais de la correction d'épreuves pour une petite maison d'édition. Un peu abrutissant à la longue, mais ça paye bien.

— Moi, je passe mes week-ends à plier des chandails qu'un essaim de madames déplient dans les minutes qui suivent. Dis-moi, est-ce vraiment nécessaire de déplier chaque ostie de chandail *small* pour se rendre compte qu'on est trop toutoune pour rentrer dedans?

Elle semblait plutôt chouette, cette nana, après tout. On avait passé le reste de l'heure du lunch à manger du prochain, c'est-à-dire à déblatérer joyeusement sur le dos de nos profs et de nos collègues: «Untel zézaie. Unetelle est une parfumerie ambulante et, à huit heures du matin, ça écœure royalement. Il y a aussi M. Somni, l'être le plus beige que l'on puisse imaginer. Même sa voix est beige.»

— Et Paradis, comment tu le trouves? m'avait-elle glissé d'un air innocent.

— Le prof de droit judiciaire? Pas pire, j'imagine. Moins plate que bien d'autres, c'est sûr. Mais j'avoue que je ne me suis pas attardée sur son cas en particulier. Pourquoi tu me demandes ça?

— Tu ne lui trouves pas un petit côté sexy?

— Euh… non. Moins moche que, disons, Beaulieu, mais sexy est très loin dans la liste de qualificatifs que, spontanément, je lui aurais collés. Qu'est-ce que tu peux bien trouver d'attirant chez ce mec? Il doit bien avoir la quarantaine avancée, il cale sur le dessus de la tête et ses lunettes sont tellement épaisses qu'elles lui donnent le regard de Golum.

— T'exagères, là! Il a la mi-trentaine, gros max. Et puis j'aime bien le petit look intello…

— Pour moi, le look intello, c'est Johnny Depp avec ses petites lunettes rondes. Menoum.

— C'est pas intello ça, c'est pseudo-dandy!

J'allais découvrir bientôt à quel point nos goûts, en matière d'hommes, se situaient aux antipodes. Ce qui s'avère plutôt chouette en amitié. Ça évite les malentendus. Quand je craque pour un mec, je peux être certaine que Val ne l'a même pas remarqué. Pas toujours aussi évident avec Eugénie…

Génie – elle déteste que je l'appelle comme ça – et moi étions entrées en collision, littéralement, quelques semaines plus tard, lors d'un 5 à 7 de la dynamique AED – l'Association des étudiants en droit. L'endroit: un pub pseudo-*british*, avec tout le bataclan de jeux de fléchettes, de pintes de brune et de fauteuils de cuirette vert forêt. J'en étais à ma troisième pinte de Guinness et je commençais à être pas mal bonne dans le maniement de la baguette de billard. Ça, c'est un truc un peu bizarre avec moi : il y a une fenêtre d'opportunité située après la fin de la troisième pinte et avant la fin de la quatrième, où je deviens performante aux fléchettes, au billard, au *pinball*, etc. Une vraie pro ! Je dépèce impitoyablement mes adversaires, qui repartent la queue entre les jambes, l'orgueil amoché. Mais si j'insiste et que je persévère au-delà de la pinte fatidique, je m'effondre lamentablement. Allez comprendre…

—Aïe ! avais-je entendu crier, non, plutôt hurler derrière moi, alors que je prenais mon élan pour entrer la noire et ainsi mettre KO le fendant de troisième année qui entretenait l'espoir vain de me remettre à ma place.

Au même moment, j'avais senti une douche froide passer au travers de mon chandail de laine d'agneau. Je m'étais retournée et avais aperçu une fille pliée en deux, un verre aux trois quarts vide à la main. Elle s'était relevée en me jetant un regard noir. Dans son cas, rien de plus vrai. Eugénie a les yeux d'un noir profond, opaque, ce qui lui confère un regard très troublant.

—Excuse-moi ! Je t'ai *poquée* avec ma baguette ? Désolée…

—Dis donc, tu n'y vas pas de main morte avec une baguette, toi ? C'est pas grave. Et puis je t'ai servi une belle douche de New Castle, non ? avait-elle ajouté en souriant.

Et quel sourire ! Eugénie est une créature de rêve. Une femme féline, toute en ondulations et en charme. Que ce soit dans les corridors du pavillon De Koninck, à l'université, dans un bar ou encore dans un centre commercial, elle laisse derrière elle une pléthore d'hommes complètement gagas et un peu *stoned,* comme s'ils avaient regardé directement une éclipse de soleil. Et le plus drôle là-dedans, c'est qu'Eugénie semble complètement ignorante de l'onde de choc qu'elle provoque par un simple battement de cils.

—J'ai couru après. Je pense que je vais rentrer, car la laine d'agneau imbibée de bière, ça pique et ça pue.

—Merde, j'espère que je ne l'ai pas abîmé pour de bon, ton chandail…, m'avait-elle dit, l'air sincèrement contrite.

— Dis, l'as-tu bien regardé, mon chandail ? Laid, laid et relaid. Alors ça ne sera pas une grosse perte…, lui avais-je répondu en riant.

— C'est vrai que, sans vouloir me mêler de ce qui ne me regarde pas, le blanc cassé, ce n'est peut-être pas la couleur qui t'avantage le plus… Tu devrais porter des couleurs plus vives. Ou encore du noir. Tu serais spectaculaire en noir !

SPEC-TA-CU-LAIRE ? Moi ? J'ai de sérieux doutes sur mon potentiel de « spectacularité », mais je dois avouer que, venant d'une femme aussi belle qu'Eugénie, ça m'avait flattée. J'avais tout de suite eu envie que l'on devienne amies.

2

Mᵉ Beaudry entre en coup de vent dans la bibliothèque, suivi de près par la forte odeur des deux ou trois Camel qu'il vient de se taper coup sur coup dans le stationnement. La biblio fait office de bureau pour Luc, mon costagiaire, et moi. Ce n'est pas que l'endroit soit désagréable, au contraire. L'odeur des vieux bouquins, le tamisé des lampes de lecture et la chaleur du bois d'acajou me ravissent. J'ai toujours eu un faible pour le look *british*, du genre les-hommes-passent-ensuite-à-la-bibliothèque-pour-s'enfiler-un-scotch-pur-malt-accompagné-d'un-cigare-et-discutent-de-chasse-à-courre. Mais comme nous ne sommes pas dans un film et que nous nous farcissons en moyenne au moins dix heures par jour entre ces quatre murs, le manque d'intimité et les interruptions incessantes en viennent à nous taper royalement sur les nerfs. Il y a bien un téléphone à notre disposition, mais je ne m'en sers que très rarement. J'ai mon cellulaire, et dès que je peux m'esquiver, je file en griller une dehors et j'appelle Val ou Génie.

—As-tu du temps cette semaine? me lance Mᵉ Beaudry.

—Ben, ça dépend. Je suis sur le dossier Rancourt avec Mᵉ Vautour…

—Ciboire! Il peut quand même pas t'accaparer pour lui tout seul. J'ai besoin que tu me fasses une recherche.

—Peut-être devriez-vous en discuter avec lui? C'est que le procès débute dans moins d'un mois et qu'il reste beaucoup de…

—Non, je sais comment ça va finir. J'peux pas croire que t'as pas une couple d'heures pour travailler sur mon dossier. Rien de compliqué.

Traduction libre : il n'a pas envie de se taper la recherche parce que soit il ne pige pas le problème (ce qui lui arrive constamment), soit il a encore planifié son horaire comme un zouf, et c'est le client qui va payer pour ça. Je le vois en action depuis un moment. Jamais vu un type aussi mal organisé. Toujours à la dernière minute. Son bureau est un foutoir sans nom et il égare tout le temps ses dossiers. Sa secrétaire s'arrache les cheveux à longueur de journée pour réparer un tant soit peu les pots cassés auprès des clients. Car, bien entendu, ce n'est jamais sa faute. Un juge lui refuse une énième remise parce qu'il n'est pas prêt à procéder ? C'est la faute du stagiaire qui ne l'a pas informé. Un client perd ses droits d'action parce que le délai de la prescription est dépassé ? Y a sûrement un stagiaire qui a merdé… Le fait que cet hurluberlu en costard *cheapo* ait pu s'en tirer durant ses dix ans de pratique me fascinera toujours.

—Pouvez-vous au moins m'expliquer le problème ? Je verrai ce que je peux faire, lui dis-je, résignée.

—Pas compliqué. Le client a signé un contrat avant l'entrée en vigueur de la nouvelle taxe, et là il veut la faire appliquer rétroactivement. Regarde-moi ça pour demain, OK ?

—OK. Mais de quel type de contrat on parle…

—Tout est dans le dossier. Arrange-toi. Pas compliqué.

« Pas compliqué, pas compliqué », il n'a que ces mots-là à la bouche. Et il ressort de la biblio, laissant traîner derrière lui l'odeur de ses clopes mêlée à de subtils effluves de Cologne bon marché.

À l'autre bout de la longue table, mon costagiaire se bidonne royalement.

—Merde, Luc, c'est pas drôle. Tu sais ce que c'est travailler avec lui. Ça veut dire d'abord faire le ménage dans le dossier, puis courir après pour trouver les documents manquants, se rabattre sur sa secrétaire pour comprendre le fouillis, faire la recherche et lui régurgiter ça dans la gorge comme une maman oiseau, parce que sinon il ne pige rien. Je n'ai pas le temps de me taper ça! Pourquoi il ne te demande jamais rien? T'es pas invisible…

—Bof, il ne veut rien savoir de moi. Sauf quand c'est le temps de se prendre une volée de bois vert par la tête, gracieuseté d'un greffier. Je pense que tous les greffiers du palais de justice le détestent avec passion. Trop nul.

—Mais t'es super bon en recherche, dix fois meilleur que moi.

—Peut-être. Mais je n'ai pas tes jambes, ma chère…

—Tu fais chier, Luc.

Mes jambes, mes jambes, et puis quoi encore? Comprenons-nous bien. Je n'ai rien du pétard qui arrache tout sur son passage. Plutôt moyenne, je dirais. Enfin, c'est la réponse que me donne mon miroir, lorsque je me la joue méchante belle-mère dans Blanche-Neige: «Miroir, miroir, dis-moi…» Malgré cela, j'attire les mecs comme des mouches. Allez savoir pourquoi. «Question de phéromones», me répond toujours Valérie.

—Phéroquoi? lui avais-je répondu, l'air niais, quand elle avait élaboré pour la première fois sa théorie, alors que nous nous gavions de nachos double guacamole chez Pépé, notre bouiboui préféré.

—Phéromones, ma poule. Tu dégages plus que la moyenne, et les hommes le sentent sans s'en rendre compte.

—Je dégage…? Ça sent quoi les phéromones? avais-je dit tout en me reniflant discrètement côté aisselles.

—Rien que ton odorat puisse capter clairement. Les phéromones sont des substances émises par la plupart des animaux et qui agissent comme des messagers sur des individus de la même espèce. Une espèce d'appel chimique quoi.

—*Wow!* Tu as pris ça où, ces infos?

—Cours de bio, secondaire cinq, ma chère, avait-elle fièrement répondu en calant le reste de sa Corona.

—Eh ben, j'aurais peut-être dû faire sciences pures plutôt que communications. Quoi que «le médium est le message» de McLuhan s'applique très bien à ton truc de phéromones… Je peux dire n'importe quoi, mon corps soutient le contraire!

Selon Val, donc, mon problème est d'ordre hormonal. Ça ne m'avance guère de le savoir, puisque je ne peux rien y changer. Et ce n'est pas faute d'avoir essayé. Je fuis le décolleté et tout ce qui moule un tant soit peu la poitrine, je porte la jupe en haut du genou et non à ras-le-bonbon, je ne porte pas de rouge à lèvres qui pourrait accentuer le caractère déjà charnu de ma bouche... Je ne joue pas les femmes fatales du tout. Et pourtant...

Je ne peux pas jurer que ça se passe comme ça dans tous les bureaux d'avocats, ou encore que la chasse à la jeune stagiaire est un sport exclusivement réservé aux maîtres. Il y a sûrement des comptables, des ingénieurs et des pousseux de balai qui se lèvent le matin en se pourléchant les babines à l'idée d'entrevoir un bout de peau. Mais moi, ce sont des avocats qui veulent me mettre la main au cul.

Me Tremblay, mon rondelet patron, bat tous les records. Certains sont subtils, d'autres plus directs ; mon grand *boss*, lui, a l'approche délicate et raffinée de l'orignal en rut. Tout ce qui manque, c'est le *call* officiel de la bête. Encore que, parfois, lorsqu'il s'époumone après sa secrétaire qui a oublié de noter un truc à son agenda...

Dans le fond, je le trouve pathétique. Tellement habitué à obtenir ce qu'il veut qu'un simple non provoque chez lui des crises d'urticaire mentale. Ça le démange comme un petit garçon à qui on refuse une sucette. Sauf que la sucette, c'est moi, et que moi, phéromones ou non, je ne donne pas dans le genre bonbon.

Ça fait près d'un mois que ça dure, soit depuis le début du stage. Au commencement, je ne me suis pas trop méfiée de son œil de pervers pépère. J'en ai vu d'autres. Sa réputation l'avait précédé, mais comme je savais que je n'aurais pas à travailler en étroite collaboration avec lui, je m'en foutais pas mal. C'était sans compter sur son côté pit-bull en manque...

Tout a commencé par une invitation à souper. *Merde, qu'est-ce que je réponds ?* me suis-je dit lorsque sa secrétaire m'a demandé mes disponibilités. J'étais là depuis une semaine à peine ! Puis j'ai relaxé un peu en me disant que s'il passait par sa secrétaire, c'était sûrement plus professionnel qu'autre chose comme invitation. Pour plus de sûreté, j'ai demandé à une jeune avocate du bureau, Louise, si elle était déjà allée souper avec le *big boss*. «Mais bien sûr, qu'elle m'a dit. Il invite systématiquement tous les nouveaux, afin de mieux les connaître. Comme il n'est pas souvent au bureau, c'est sa façon à lui d'évaluer les ressources humaines.» Rassurée, j'ai accepté l'invitation.

Première question: quoi porter pour ce souper? Comme je n'ai pas tellement le look traditionnel jeune-fille-d'école-privée-tailleur-marine-collier-de-perles, j'ai déniché une robe plutôt classique, quoique peut-être un peu courte. *Ça devrait faire*, me suis-je dit, car je n'avais pas le temps ni les sous pour autre chose. Il n'allait pas me manger, quand même…

Ce jeudi-là, dix-huit heures, de retour au bureau. Je suis passée chez moi en vitesse en fin de journée afin de me changer. Je préférais qu'il vienne me prendre au bureau plutôt qu'à la maison. Le téléphone sonne.

— Je suis en bas, je t'attends.

— D'accord, maître Tremblay. Je descends.

— Appelle-moi Roger.

Gulp. *Pas envie de lui donner du Roger, moi. Préfère garder mes distances, tant psychologiques que physiques. Ça restera maître Tremblay ou monsieur.*

Arrivée en bas, j'ai aperçu la Porsche rouge devant l'entrée. J'ai jaugé mentalement les avantages et désavantages du modèle. Premier hic, une Porsche, c'est bas sur roues, et ma robe était un peu courte. J'allais donc dévoiler un peu trop de cuisse à mon goût. Par contre, une Porsche, c'est une manuelle. La main droite doit donc obligatoirement rester sur le bras de vitesse tandis que la gauche tient le volant. *Basic?* Peut-être, mais dans une telle situation, on évalue tous les aspects du problème…

Alors que je pesais soigneusement le pour et le contre de la balade, voilà que mon patron descend, ou plutôt s'extirpe, devrais-je dire, de l'habitacle. Un spectacle en soi. Un pur plaisir pour tout amateur de Benny Hill, de Monty Pythons ou de Laurel et Hardy. C'est qu'il est… disons… corpulent, ce cher maître.

Alors la petite voiture sport, ça n'est pas une mince affaire pour lui, côté mouvements. Je me mordais littéralement le dedans de la joue pour ne pas pouffer de rire, pendant qu'il m'ouvrait la portière, galant comme tout.

— Beau p'tit char, hein?

— Oui, oui. Très joli, ai-je répondu en testant la capacité de ma robe à s'étirer le plus possible direction genoux.

— J'en ai plusieurs dans le genre. Tu aimes les voitures?

— Personnellement, je m'accommode bien du Métrobus, mais je n'ai rien contre. On va à quel endroit?

— Surprise! Tu vas voir, tu vas être contente.

Oups. Pas sûre de ça, moi. Et le voilà qui emprunte l'autoroute… Québec est une ville réputée pour ses nombreux et excellents restos, dont la plupart ont l'avantage non négligeable d'être situés au cœur de la cité. J'avais donc naïvement imaginé qu'on ne s'éloignerait pas trop…

— Tu connais le Café Montecristo?

— Bien sûr, j'adore ce resto, même si je n'y vais pas très souvent. C'est là qu'on va? C'est près du château Frontenac, non?

— Oui, mais il y en a un autre au mont Sainte-Anne.

Bon. OK. Pas de panique. Pourquoi le mont Sainte-Anne au printemps? Parce qu'il a des envies d'air pur? Me semble, oui… Je me suis calmée en me disant que ce serait vite passé et que j'allais avoir une bonne bouffe au lieu de la boîte de soupe que j'aurais probablement ouverte en arrivant dans mon petit studio du Vieux-Québec.

Une fois arrivés à l'endroit en question, j'ai constaté qu'il n'y avait que deux voitures dans le stationnement et que l'intérieur du resto semblait à peine éclairé.

— Maître Tremblay, je crois que c'est fermé.

— Appelle-moi Roger. Le proprio ferme l'été, mais j'ai fait ouvrir juste pour nous, ce soir, m'a-t-il dit, tout sourire, l'air satisfait.

On est entrés, et le cauchemar s'est précisé. Personnel réduit au minimum, une table dans un coin, une bouteille de champagne qui attendait au frais, éclairage tamisé, petite musique doucereuse. L'horreur quoi. Je me suis sentie comme une souris prise au piège. Le propriétaire du restaurant me lança un regard qui en disait long sur ce qu'il présumait quant à la situation : une poule et son richissime bienfaiteur. J'aurais voulu me cacher dans un trou. Au lieu de ça, je pris place à table pour ce qui s'annonçait comme une loooongue soirée...

***

—Tu sais à quel point j'ai du *cash*, hein ? glissa-t-il entre deux bouchées de tartare de bœuf.

—J'imagine que vous n'êtes pas à la rue, et que le Kraft Dinner n'est pas votre pain quotidien...

—Je peux tout me payer, re-tartare dans sa bouche.

—Contente pour vous.

—Absolument tout. Les plus belles voitures, les meilleurs vins et les plus beaux petits culs, dit-il après re-retartare arrosé de vin rouge.

—C'est votre épouse qui doit apprécier...

—Elle a tout ce qu'elle veut, et en plus, je lui ai fait deux beaux enfants. Elle voyage partout dans le monde, vit dans une grande maison et a une carte de crédit sans limite de chez Holt Renfrew.

—Que demander de plus, en effet ?

—T'aimerais pas ça, toi, pouvoir te payer tout ce que tu veux ?

—ME payer tout ce que je veux, bien sûr.

—Si tu voulais, tu pourrais.

—Oui, mon père m'a toujours dit que quand on veut, on peut. Vous devez être à peu près du même âge en passant...

L'allusion a fait mouche. Le temps de finir la bouteille, du moins. Mais il en fallait bien plus au bonhomme pour se démonter. Alors qu'il s'apprêtait à ouvrir la bouche de nouveau, la serveuse s'est approchée discrètement pour offrir les digestifs.

—Ça va aller pour moi, merci.

—Ben non, on va prendre deux cognacs, mademoiselle.

—Non, non, merci, je déteste le cognac, ai-je menti.

—Apportez-lui une eau-de-vie de framboise.

Mon péché mignon… Résiste ma grande, résiste…

—Non, sincèrement, je ne me sens pas très bien.

L'idée de me voir gerber dans sa Porsche a semblé lui ôter l'envie de me soûler. Il a donc demandé l'addition. Ne restait que le chemin du retour. *Je devrais pouvoir m'en sortir. Allez, on étire la robe au max et on se pousse.*

—Tu sais, tout à l'heure, quand je t'ai dit que je pouvais me payer les plus beaux petits culs en ville…, m'a-t-il dit en embrayant gauchement.

—Vague souvenir, oui…, ai-je répondu en positionnant stratégiquement mon sac à main sur mes genoux, genre bonne sœur attendant à confesse.

—Eh bien, j'ai décidé que c'est le tien que je veux.

—Pardon?

—Fais pas l'innocente. Rien qu'à te regarder, on voit que t'aime la baise. Moi, ça m'allume.

—Excusez-moi, mais je n'ai pas très envie d'avoir ce genre de conversation avec mon patron.

—Voyons, oublie que je suis ton *boss,* on est tout seuls là.

—M'en fous. Disons que je vais oublier tout ça, OK? Vous me ramenez, et on n'en parle plus.

Pas du tout convaincu par ma timide rébellion, il rangea la voiture sur l'accotement et se tourna vers moi avec appétit. Il ne manquait qu'un filet de bave au coin de sa bouche molle. Dégueu.

—J'aime bien qu'on me résiste un peu. Ça m'excite.

—Pourriez-vous redémarrer, s'il vous plaît? J'ai un mal de crâne terrible et je sens que je vais vomir.

—T'es drôle toi. T'as plutôt l'air excitée, toi aussi.

Non mais, il déconne ou quoi? Je devais avoir l'air aussi *willing* qu'une nonne de soixante-dix ans…

—Je sens ça, moi, les filles qui aiment le cul. Ça se voit dans tes yeux, et sur ta bouche.

Dire que je me suis fait traiter de babines de cheval durant toute mon enfance pour me faire dire aujourd'hui que mes lèvres me donnent l'air d'une cochonne. *Et mon poing sur ta gueule, tu trouves ça sexy aussi, gros zouf?* ai-je eu fortement envie de lui balancer. Au lieu de cela, je me suis gardé une petite gêne en soupesant la situation : il me restait plus de cinq mois de stage. Dans les faits, impossible de le terminer dans un autre cabinet. J'étais faite comme un rat. Il avait le pouvoir de me virer le lendemain matin, s'il le voulait. Plainte au Barreau pour harcèlement sexuel? Laissez-moi rire jaune. Primo, il me faudrait nécessairement quitter le bureau. Deuzio, bye bye le mois déjà fait. Perdu. Tertio, bonne chance pour me faire embaucher ailleurs. Personne ne veut de fauteurs de troubles. Le milieu est tout petit, minuscule, étouffant. Je serais rayée de la carte et il ne me resterait qu'à aller tenter ma chance dans une autre province. Vous croyez que j'exagère? Si vous êtes sages, je vous raconterai un jour l'histoire d'une ex-collègue de l'École du Barreau qui, pour le moment, a troqué le «Objection votre honneur» pour «Un chausson avec ça?»

— Maître Tremblay, je veux rentrer chez moi et ne plus entendre le mot *cul* sortir de votre bouche.

— Je vais te donner ce que tu veux : bijoux, voyages, argent, tout.

— Un instant, me prenez-vous pour une pute?

— Les gros mots! T'es une fille intelligente, je t'offre de devenir ma maîtresse. C'est un bon *deal,* non?

J'ai alors compris que, pour lui, c'est ainsi que tout fonctionne. Comme il avait les moyens de payer, il ne pouvait même pas envisager que je dise non. Je n'étais sûrement pas la première à qui il imposait son gros corps contre rétribution. Et parions que je ne serai pas la dernière non plus. Le pouvoir, l'argent et le sexe… Un éternel trio. Ça ne date pas d'hier, j'en conviens, mais c'était quand même nouveau pour moi.

— Je ne suis pas intéressée, OK?

— Ça ne changera rien au bureau. Tu fais ton travail comme d'habitude. Tu continues ta vie. Et quand je peux, je viens te voir chez toi ou je t'emmène quelque part. Es-tu déjà allée à Paris?

— Non, je n'y suis jamais allée, et non, je ne veux rien savoir d'y mettre les pieds avec vous.

—Voyons ma belle, tout le monde veut voir Paris…

—JE NE VEUX PAS COUCHER AVEC TOI, c'est clair !

—Bon, enfin, tu me tutoies ! On progresse ! m'a-t-il dit en mettant sa main sur ma cuisse.

Je voulais lui mettre la gueule en sang. *S'il ôte pas sa grosse patte velue, j'le frappe.*

—Dégage ! Me touche pas !

Sa main a glissé sous ma robe. J'ai tenté de l'arrêter. Il a poussé jusqu'à ma culotte. Je me débattais, mais il riait et grognait en même temps. Je l'ai frappé et il s'est mis à rigoler encore plus. Il a collé sa tronche mouillée sur moi et cherchait ma bouche avec sa langue. Je l'ai mordu. Il a reculé, mi-surpris mi-ravi.

—*Wow !* Méchante tigresse ! Je savais que tu avais ça en toi, m'a-t-il dit en reprenant son souffle. T'aimes ça un peu *rought* ? J'haïs pas ça…

—Fous-moi la paix, connard, et ramène-moi, sinon je débarque et je fais du pouce jusqu'en ville !

Je ne parlais plus, je criais à tue-tête.

—OK, OK. On se calme, ma belle. Si ça ne te tente pas ce soir, on se reprendra.

J'avais envie de lui dire que jamais je ne me retrouverais seule avec lui à nouveau, mais j'étais trop soulagée et j'avais trop peur d'entamer une interminable discussion avec lui au sujet de la supposée cochonne qui sommeillait en moi. Tout ce que je voulais, c'était rentrer chez moi. J'ai donc fermé ma gueule en regardant dehors pendant qu'il reprenait la route en sifflotant.

3

Malgré une interminable douche hyper chaude et deux cognacs, je n'arrivais toujours pas à trouver le sommeil. Je revoyais son regard porcin posé sur moi, je sentais son haleine avinée collée à ma peau. Je ne voulais plus remettre les pieds dans ce bureau. Je ne voulais plus continuer. Je voulais m'endormir, oublier et peut-être même ne pas me réveiller.

J'ai appelé Daniel. Il était deux heures. Ce n'était pas la première fois que je le réveillais en pleine nuit. Il était habitué à mes angoisses nocturnes.

— *Hello love.*

— Tu peux venir ?

— Là, tout de suite ?

— Là, tout de suite.

***

Depuis près de six mois, Daniel et moi sommes presque inséparables. Nous nous sommes trouvés. Où plutôt retrouvés, ai-je parfois l'impression. Comme dans cette légende des âmes sœurs issue du texte *Le Banquet*, de Platon. Il y raconte que vivaient autrefois des êtres à la fois mâle et femelle, ayant quatre pieds, quatre mains et deux têtes. Ces créatures androgynes étaient si fortes et si puissantes qu'elles tentèrent un jour de grimper au ciel pour y combattre les dieux. Zeus n'ayant pas apprécié, il décida de les couper en deux. Et clac ! Depuis, dédoublée par cette coupure, chaque moitié cherche désespérément à rejoindre l'autre afin de s'enlacer, de s'embrasser et de ne former qu'un seul être à nouveau.

Je crois pouvoir affirmer que je n'ai jamais été vraiment amoureuse auparavant. J'ai souvent cru que ce que je ressentais *devait* être de l'amour. Du moins, je voulais y croire. Pour être comme tout le monde. Pourtant, je savais confusément que je me leurrais. Une part de moi s'est toujours refusée à l'abandon. J'ai souvent quitté. On m'a quittée quelques fois, et dans ces moments, ce que je ressentais s'approchait bien plus de la blessure d'orgueil que de celle du cœur. Pourtant, Dieu sait combien je me suis gavée de littérature romantique. Après une honteuse phase Barbara Cartland, j'ai donné dans le non moins embarrassant roman Harlequin. Puis je me suis attaquée à plus substantiel : Cohen, Bobin et autres auteurs qui m'ont fait voir l'amour sous toutes ses coutures. Je comprenais. Je cherchais la manifestation dans mon quotidien. J'aspirais à l'incarnation transcendante. Mais il n'y avait que pâles reflets et mots creux. J'en ai donc conclu que j'avais un handicap émotionnel, une sorte de capacité d'aimer limitée. Une fois le diagnostic posé, je me suis sentie soulagée. Mon besoin de tout expliquer assouvi, je pouvais poursuivre ma vie tranquillement.

C'était jusqu'en janvier dernier. Ce matin-là, de retour à l'École du Barreau après le congé des fêtes, je n'ai rien ressenti de particulier à mon lever. Pas de grande intuition. Pas d'excitation inexplicable. Tout juste un pénible mal de bloc causé par les abus de la veille avec les copines. Eugénie, Valérie et moi avions décidé de noyer quelque peu la fin des vacances. On a étiré la soirée en compagnie de nos fidèles amis Johnny et Jack. Walker et Daniels de leurs patronymes. Bobo au crâne assuré. Que voulez-vous, on aime nos mecs sans glaçons et cul-sec.

Un peu comateuse et légèrement nauséeuse, je m'étais pointée dans l'insipide salle de classe du déprimant espace à bureau qui abritait temporairement l'école, au-dessus d'une salle de quilles, dans un centre commercial. Le chic. Direction fond de la classe, à gauche, collée sur le mur, comme à l'habitude (je ne sais pas pourquoi, mais j'ai rasé les murs des salles de cours tout au long de mon bac). C'est là que nous allions continuer à apprendre à être de vrais avocats.

Huit heures cinquante-huit. Je bâillais consciencieusement tout en détaillant le tailleur marine impec de ma voisine de devant. En fait, tout était impec chez elle : la coupe de cheveux savamment méchée de blond cendré, le teint soyeux et lisse, le vernis couleur coquillage sur ses ongles parfaitement taillés, le cuir souple de ses chaussures. Elle était l'image vibrante de ce à quoi toute jeune avocate qui se respecte doit ressembler. Bon, d'accord, elle avait passé son bac par la peau des fesses et sa conversation n'avait rien de transcendant, mais elle, au moins, avait le look de l'emploi. Dans ce registre, je ne peux pas compétitionner. Je ne suis même pas inscrite à la course. Mes ongles sont rongés, j'ai toujours un fil qui dépasse quelque part, je n'ai aucune patience avec la brosse à cheveux et j'ai sur le menton trois boutons dont la récurrence m'a amenée à les baptiser Pedro, Julio et Mario, mes trois ténors à moi.

Je travaillais donc avec soin une petite envie sur le pouce gauche en écoutant distraitement Mᵉ Trucmachin faire l'éloge de la négociation lorsque la porte s'est entrouverte pour accueillir un retardataire. J'ai jeté un œil distrait sur le nouveau venu, mais l'œil s'est attardé. Je l'ai scanné rapidement de haut en bas. Rien à signaler, votre honneur, je jure que je n'ai rien remarqué de suspect chez cet individu. Et pourtant, mon regard ne pouvait pas se détacher de lui. Il me semblait étrangement familier. J'avais l'impression de le reconnaître et pourtant je ne l'avais jamais vu, j'en étais convaincue. Il ressemblait vaguement à Hugh Grant, l'acteur qui a fait la preuve par quatre que la beauté ne fait pas le bonheur. Mais ce n'était pas cette ressemblance qui me titillait. C'était autre chose, mais sur quoi je n'arrivais pas à mettre le doigt. Il a remarqué que je le dévisageais et s'est dirigé droit vers moi. Il restait une place libre à ma gauche. Je ne me sentais pas bien tout à coup. Il faisait trop chaud, je n'avais pas déjeuné. *S'il s'assoit près de moi, je crois que je vais mourir. S'il change de direction, je crois que je vais mourir…*

Je ne pouvais pas savoir ce qui m'arrivait pour la simple et bonne raison que j'étais vierge en la matière. Pucelle de cœur à vingt-quatre ans! Alors le coup de masse en plein front que je venais de me farcir n'avait pour moi aucun nom, aucun sens. Je ne pouvais mettre un mot sur ce qui m'arrivait. Mais je sentais dans tout mon corps un courant nouveau. Du pur jus, cent pour cent haut voltage.

— Bonjour. Ça t'ennuie si je m'assois ici?

— Euh. Non. Pas de problème.

— Merci. Je m'appelle Daniel.

Daniel. À prononcer comme dans la chanson du même nom, celle d'Elton John. *Because* monsieur est anglo et s'exprime avec un accent à faire friser de bonheur les oreilles de la *britishophile* que je suis. *God shave the Queen…*

— J'espère que je n'ai rien manqué d'important.

— Ben non. En fait, je n'écoutais pas vraiment alors…

Il m'a souri. J'ai remarqué qu'une de ses incisives chevauchait légèrement l'autre, ce qui conférait à son sourire un petit côté canaille absolument irrésistible. Je fondais. Mais où était donc passé mon fidèle allié, mon garde du corps invincible, mon rempart contre les assauts extérieurs? Cynisme, où étais-tu? J'étais faite à l'os.

***

Je suis passée devant le miroir et y ai aperçu mon reflet. Moche à mourir. Bourgeonnante comme un rhododendron au printemps. Des cernes qui descendaient jusqu'aux joues. M'en foutais un peu. Daniel aussi. Dire qu'il n'y avait pas si longtemps, je passais de longues minutes à tenter de corriger les défauts avant que son regard ne se pose sur moi. J'étais anxieuse, fébrile. Je voulais qu'il me trouve désirable, belle à prendre pour toujours. Je guettais le moindre signe sur son visage, j'analysais son sourire, ses expressions, chacune de ses paroles. Je revenais chez moi et me repassais chaque instant dans ma tête.

J'ai entendu ses pas dans l'escalier qui mène au grenier qui me tient lieu d'appartement. C'est minuscule – il n'y a en fait qu'une seule pièce – mais je suis bien, tapie dans les hauteurs. Ma mère craint toujours que le feu prenne et que je crame, bloquée dans ma tour d'ivoire. J'ai beau lui expliquer qu'il y a une sortie de secours sur le toit, ça ne la rassure pas. Rien ne la rassure jamais. Québec, c'est une grande ville dangereuse pour maman, fière bleuette qui n'a que rarement quitté son Lac-Saint-Jean natal. C'est une anxieuse chronique. Je l'adore.

J'ai ouvert la porte et me suis jetée dans les bras de Daniel. Je suis bien contre lui. J'ai l'impression de toucher terre après un long voyage. Je crois qu'il me fera toujours cet effet. J'ai trouvé en lui mon port d'attache, ma maison. Il a caressé mes cheveux en me parlant doucement. « *It's ok love, everything's gonna be all right. I love you.* »

Il a séché mes larmes, m'a déshabillée et m'a mise au lit.

—Reste avec moi cette nuit, s'il te plaît, lui ai-je dit d'une toute petite voix.

—Endors-toi, je ne vais nulle part.

Je suis redevenue calme. J'ai oublié le bureau, mon connard de patron et tous les zoufs avec qui je bossais. J'ai regardé fixement son profil, qui se détachait devant la fenêtre. C'était la seule chose que je voulais voir avant de dormir. C'est probablement la seule chose que je croyais vouloir voir avant de mourir. J'aimais cet homme. J'étais à lui pour la vie.

***

Notre histoire n'a pas connu un début, disons, habituel… C'était le quatrième jour de cours, à l'École du Barreau, et Daniel semblait avoir adopté la place à ma gauche. Je me délectais discrètement de son profil et je roucoulais intérieurement chaque fois que son accent effleurait mes oreilles. Ne me demandez pas de quoi le prof parlait au juste, je n'en garde aucun souvenir. J'étais dans un état pas loin de l'Alabama. Perdue dans mes fantasmes, je surveillais l'horloge et anticipais avec délices la pause à venir.

—Tu descends prendre un café?

—C'est déjà la pause ? J'étais drôlement concentrée, je n'ai pas vu l'heure, avais-je menti avec mon plus beau sourire.

—Tu crois que la matière sera plus intéressante dans les prochains blocs de cours ? Je m'emmerde royalement...

—Bof, tu sais, moi, je ne suis même pas certaine que j'ai envie de pratiquer, alors pour l'instant, je gobe sans grande passion, avais-je répondu en m'installant près de lui sur la banquette du petit resto.

Dieu qu'il sent bon ! Un mélange d'après-rasage et de laine bouillie qui me donne envie de me pousser dans un chalet isolé avec lui.

—Tout le monde dit que tu es super brillante, Caroline ! Je ne peux pas croire que tu envisages de lâcher le droit !

—Pas complètement. Je pense peut-être poursuivre les études, faire une thèse de doctorat et enseigner. Je crois que je serais plus douée pour la théorie que pour la pratique.

—Tu ne travailles pas déjà dans un bureau ?

—Oui, justement. Pas sûre du tout que j'ai envie de cette vie-là. Et toi ? Qu'est-ce qui t'a mené à Québec ? Une offre ?

—Non, même pas. J'en avais marre d'habiter chez mes parents à Ottawa. Et Montréal, c'était encore trop proche, m'avait-il dit en cessant de sourire.

—Tu ne t'entends pas bien avec eux ? avais-je timidement risqué.

—Disons que la communication n'est pas facile depuis qu'on est revenus d'Angleterre.

Il m'avait raconté un peu de son histoire la veille. Fils unique d'un diplomate canadien anglais d'origine écossaise, il avait passé son enfance et son adolescence en Europe. Irlande, Écosse, Angleterre, il avait suivi ses parents au gré des affectations. D'où l'accent qui tue. De retour à Ottawa, il avait fait son cours de droit civil. J'avais cru comprendre que son père acceptait de payer ses études à condition qu'il demeure à la résidence familiale, une grosse baraque en banlieue de la capitale nationale.

—Tu sais que j'ai été engagé comme stagiaire à la Couronne ? avait-il continué.

—Bravo! Je t'imagine bien poursuivant la brute et le truand...

—Ah oui? Et pourquoi?

J'ai rougi jusqu'à la racine des cheveux. Qu'est-ce que je pouvais répondre? Que je me couchais le soir en pensant à lui comme à un prince charmant, brave et sans reproches? Le pire, c'est que c'était le cas. On devrait interdire les histoires de princesses aux petites filles. Pernicieuses, elles laissent dans l'imaginaire des traces étonnantes qui resurgissent lorsqu'on ne s'y attend pas.

—Je dis ça comme ça, pour blaguer un peu.

Grande gourde.

—Faut bien faire le stage quelque part, alors pourquoi pas là, après tout. J'aurai la chance de côtoyer les aspects les plus sombres de l'âme humaine.

Sûrement! Quoique le droit bancaire et les poursuites en responsabilité civile donnent aussi à voir quelques beaux spécimens de crapules.

Évidemment, le violeur d'enfant et le meurtrier de petits vieux tombent automatiquement dans la catégorie des fonds de poubelle. Cela va de soi pour l'ensemble de la population. L'homme d'affaires qui ruine un client ou un associé, détruisant parfois sa vie familiale et sociale, est plus difficile à catégoriser, n'est-ce pas? Loin de moi l'idée de les mettre dans le même sac, mais j'ai vu assez de loups qui s'entredévoraient pour des questions d'argent pour me faire mes propres barèmes. Pas joli joli. Le complet Hugo Boss et la cravate Armani cachent parfois des ordures de première.

—Dis donc, Caroline, t'es occupée ce soir? m'avait-il glissé timidement.

Oh my God! Avais-je bien entendu? *Pas de panique, restons cool. Peut-être veut-il te demander de jouer les baby-sitters pour une jeune cousine de passage. Ne présume de rien. Et arrête de claquer des genoux!* m'étais-je sermonnée.

—Pas vraiment. Rien de spécial au programme, avais-je répondu, l'œil flou, dans une bien pâle imitation d'Ingrid Bergman dans *Casablanca*.

—Il y a *Les Ailes du désir,* de Wim Wenders, qui passe au Clap ce soir, dans le cadre d'un festival rétrospective. Ça te dit de m'y accompagner ? On bouffera ensuite.

Y avait-il une caméra cachée quelque part ? Étais-je le dindon d'une énorme farce ? *Les Ailes du désir,* mon film culte.

—Oui, ce serait super ! À quelle heure on se rejoint ?

Exit Ingrid, j'avais sûrement l'air d'Odi, le chien excité à la langue pendante dans les BD *Garfield*.

—Disons que je passe te chercher à six heures ? Le film est à six heures et demie. On ira manger chez l'Italien d'à côté après. Tu demeures pas loin d'ici ?

—Juste en haut de la côte du Palais. C'est le 55, rue Couillard. T'as qu'à sonner à l'appartement 8 et je descendrai.

—Parfait ! On remonte ?

Si mes jambes tiennent le coup, avais-je alors pensé.

***

Je vous épargne l'hystérie qui s'était ensuivie à mon retour de l'école. J'avais une petite heure devant moi pour me transformer en déesse de ses rêves. Je ne savais pas quelles étaient ses intentions : rendez-vous amoureux, petite sortie sympa entre pairs ou petite vite sans conséquence en fin de soirée ? Devais-je me la jouer sexy ou réservée, ou alors un ingénieux métissage des deux ? À six heures moins cinq, ayant réussi à enjamber la montagne de vêtements qui jonchaient le sol, j'étais assise sur mon divan, jeans moulants et tunique noire, à attendre le coup de sonnette qui donnerait le départ de cette soirée que j'avais l'impression d'avoir attendue depuis toujours. Trop quétaine, je sais.

Il était là, me souriant dans sa vieille Mercedes noire. Une antiquité qui tousse et qui crache, mais qui m'avait fait l'effet du carrosse de Cendrillon. Elle lui va bien sa bagnole. Elle a cette élégance et ce charme suranné qui semblent si naturels chez lui. Je m'étais enfoncée langoureusement dans la banquette de cuir tan et avais savouré l'instant. Peu m'importait ce qu'il adviendrait de lui et moi, de cette histoire qui n'en était pas encore une, je voulais imprimer ce moment à jamais.

— *Wow!* T'es jolie comme tout!

Petit frisson d'extase.

— Merci. T'es pas mal non plus. Dis-moi, tu l'as déjà vu ce film?

— Une bonne dizaine de fois je crois, m'avait-il dit en rougissant un tantinet. Je sais, ç'a l'air un peu barjot, mais je ne me lasse pas de ce film. Berlin et la musique de Nick Cave, le rêve.

— Si c'est barjot, alors je fais aussi partie du club, car je pense que ce soir j'en serai à mon douzième visionnement, avais-je pouffé.

— Ah! Je savais bien qu'on était faits pour s'entendre, toi et moi!

Oui, mais encore? Un peu d'élaboration sur le sujet s.v.p…

La salle était presque déserte. Équipés de nos *caffè latte*, nous nous étions installés dans l'avant-dernière rangée. Les lumières s'étaient éteintes doucement. Deux heures six minutes près de lui. Je sentais qu'il me poussait des ailes à moi aussi…

Berlin, avant la chute du mur, les anges Cassiel et Damiel veillent sur les humains et recueillent depuis des siècles le monologue intérieur de leur spiritualité. De leur vision en noir et blanc du monde, ils ne peuvent qu'assister aux événements, sans rien sentir, goûter, toucher. Ils ont vu le début de la lumière, des rivières, des animaux. Quand le premier homme est apparu, ils ont découvert avec lui le rire, la parole, la guerre. Damiel, qui a toujours ressenti le désir de porter à son tour la condition humaine, est si touché par Marion la trapéziste, si séduit par son âme et sa grâce, qu'il décide finalement de devenir humain, et par conséquent mortel.

Je suis toujours bouleversée après ce chef-d'œuvre. Daniel aussi, apparemment, car c'est en silence que nous avions marché direction resto. J'avais envie de pleurer. Un ange est passé…

— Caro, dis-moi, crois-tu qu'on peut changer sa nature profonde par amour? m'avait-il balancé avant d'attaquer ses calmars frits.

— Euh… Je ne sais pas. Je pense que le fait de tomber amoureux nous dénature un peu, de toute façon, non? Tu fais référence au film?

— Oui et non, m'avait-il répondu en plongeant le nez dans son assiette.

— T'as l'air bizarre, Daniel. Quelque chose ne va pas ? Tu veux rentrer tout de suite ?

— Non. Je suis bien, ici, à cet instant, avec toi.

Mon cœur battait la chamade. Oui, il y avait bien ces mots, qui ressemblaient à une porte ouverte sur quelque chose de merveilleux. Mais il flottait un je-ne-sais-quoi de trouble dans l'air. Mon instinct s'était affolé.

— Moi aussi, je suis bien. Très bien, même. Alors quel est le problème ? J'ai dit quelque chose d'idiot sans m'en rendre compte ? Ce ne serait pas la première fois…

— Non. Rien à voir. Tu es parfaite. Je te trouve parfaite, comprends-tu ?

Il semblait en colère. Agressif. Je ne savais pas quoi dire. Son regard était si intense que je m'y brûlais un peu.

— Je suis amoureux de toi, Caroline. Non, ne dis rien. Laisse-moi parler, parce que si j'arrête je ne pourrai plus reprendre. Tu vois, j'ai l'impression de te connaître depuis toujours : ton regard, ton odeur, ta voix, tout m'est familier. Je pense à toi constamment. Je perds le nord peu à peu, m'avait-il dit, l'air sonné. J'ai bien essayé de contrer la vague, mais je n'y arrive pas. Tu m'habites complètement.

— Je peux parler ? avais-je timidement tenté.

— Bien sûr.

— À moi de me lancer. Je ne sais pas pourquoi ça te semble si désastreux d'être amoureux de moi. Tu as peur de quoi au juste ? Tu as bien dû remarquer que c'est réciproque, non ?

— Oui.

— Alors ?

— Alors je ne suis pas certain que ça puisse fonctionner toi et moi…

— Pourquoi ?

Il était marié… Il voulait entrer en religion… Peu importe ce que c'était, je sentais le sol qui se dérobait sous moi. Le vide m'aspirait.

— Caro, ma dernière relation…

—OK, n'en ajoute pas plus, j'ai tout compris, répondis-je brusquement. Elle t'a quitté, tu es blessé, tu ne sais pas si tu pourras t'engager de nouveau…

—Mais non, ça n'a rien à voir…

—Tu ne sais plus si tu pourras faire confiance…

—Caro, arrête de déconner, je te dis que ce n'est pas ça le problème.

—Alors c'est quoi? avais-je dit en retenant les larmes qui menaçaient de gicler.

—Ma dernière relation s'est relativement bien terminée. C'est moi qui ai quitté Pierre.

—Ben alors, c'est quoi… QUOI? Excuse-moi, peux-tu répéter, je pense que je n'ai pas compris.

—Pierre. Il s'appelait Pierre.

—Pierre comme dans… un mec?

—Ou comme dans *Pierre et le loup*, avait-il dit avec un petit sourire.

Exit l'humoriste, s'il vous plaît. Pas certaine que j'avais envie de rigoler, là.

—Donc, tu es gay, c'est ça?

—Non. Disons que, s'il faut me mettre dans une catégorie, on peut dire que je suis bi.

—Bi? Tu couches avec des filles aussi?

—Ça m'est déjà arrivé, oui.

—Si je comprends bien, toi, tu piges dans le buffet selon l'humeur du moment…

Je sentais que j'allais devenir méchante et cruelle.

—Écoute, je ne passe pas mon temps à baiser à gauche et à droite. Je suis d'abord attiré par une personne, tu vois, et non par un sexe ou l'autre. Je tombe en amour ou en désir avec un autre être humain. Parfois c'est une femme. Parfois c'est un homme.

Est-ce qu'on pourrait faire un rewind *s.v.p.?* Je ne voulais plus être là. J'avais envie de vomir, et ma mère me manquait affreusement tout à coup. Je voulais avoir huit ans. *C'est ça. Je suis tombée de bicyclette en voulant faire la fanfaronne, et mon genou saigne abondamment. Ma mère me prend dans ses bras et caresse mes cheveux. Je me calme. Elle soigne la blessure avec toute la douceur du monde et me sert une glace au chocolat. Je suis bien. Je n'ai presque plus mal. Je suis en sécurité.*

—Viens, je te raccompagne chez toi. Je suis désolé. Je me rends bien compte que tu ne t'attendais pas à ça…

—Je ne sais pas quoi te dire, Daniel.

—Moi non plus.

***

On ne meurt pas d'amour. On se défait, on s'étiole, on se dessèche. Mais on ne meurt pas. Du moins, c'est ce qu'on dit. Sur le coup, j'avais l'impression d'avoir eu un accident de train. Du genre TGV en pleine face.

J'avais manqué le cours du lendemain, au Barreau. Il n'était pas question que je mette le nez dehors. Je vivais ma peine d'amour dans toute sa splendeur : des monticules de papiers-mouchoirs partout dans le studio, *Sur la route de Madison* dans le lecteur, bouteille de rouge *cheap* et paquet de Gauloises bien puantes. Rien comme un combo Meryl Streep et ivresse pour vous donner des envies de vous rouler en boule dans un coin pour l'éternité.

Le téléphone sonnait toutes les demi-heures. Le bi ? Je ne voulais rien savoir de le savoir. Ce n'était pas les copines, car elles avaient eu droit au compte rendu de la soirée cinoche et savaient que je ne souhaitais plus en parler avant au moins vingt-cinq ans.

Dire que je me sentais comme une idiote relève de l'euphé-misme. Je trouvais aussi que, si Dieu existe – croyance qui va et vient selon mon humeur –, on avait sous-estimé son sens de l'humour pervers et diabolique.

Je soupesais le pour et le contre d'une deuxième bouteille lorsqu'on avait sonné à ma porte. Je n'avais pas entendu le carillon de la porte d'entrée principale, il fallait donc que ce soit quelqu'un qui habitait l'immeuble. Peut-être la vieille schnoque du troisième, qui venait se plaindre de l'odeur de mes clopes ?

—Qui est là? avais-je crié en direction de la porte.

—C'est M. Bouchard, le proprio. Quelqu'un a laissé un paquet pour vous à l'entrée.

—Est-ce que ça fait tic-tac? lui avais-je demandé en ouvrant à moitié.

—Quoi?

—Rien, c'est une blague. Merci.

J'avais déposé le paquet sur la table. Aucun indice extérieur n'en laissait deviner la provenance. Pas de carte. Juste mon nom en caractères d'imprimerie sur le papier brun de l'emballage. Ouvre, n'ouvre pas… J'avais soulevé un coin du papier, puis un autre. Une petite boîte bleu nuit; à l'intérieur, un minuscule ange aux ailes cassées et ce mot: « *I'm so sorry.* Signé: *The Dark Side of the Moumoune.* »

Un fou rire puissant et libérateur m'avait prise de court. J'avais moins mal. J'allais survivre. Je m'étais préparé un *spaghetti alla limone*, histoire de tapisser mon estomac d'autre chose que de rouge piquette.

***

Ça ne faisait peut-être pas tic-tac, mais le caractère explosif de la chose ne m'avait pas échappé. Cet ange aux ailes brisées, c'était lui, mais c'était surtout moi. Mon petit moi amoché, flétri, rempli de peurs, de doutes, de peines. Ce moi qui se défaisait comme un tricot dont on a tiré un fil. Petit, le fil. Anodin. On tire dessus juste pour voir, et c'est tout le travail qui se défait. Tellement plus vite que le temps qu'on a mis pour le tricoter. Peut-on se déconstruire aussi rapidement? Oui. À force de non-dits, de croyances perverses, d'atteintes à l'intégrité physique et psychologique, de roussettes françaises et de mauvais café.

Ah! MA roussette française! Digne compagne de mes matins trop hâtifs et de mes lendemains de veille. Cette pseudo viennoiserie *cheapo* est parfois ma seule confidente. Je la croque, la dilue dans mon café et la laisse dégouliner sur mes dossiers. Les pages cornent et se décolorent, je gâche tout et j'en tire une espèce de satisfaction qui frôle la libération. Je suis cette roussette. Pour pas cher, on m'achète, on me mange distraitement et on s'essuie après. Puis on passe à autre chose. C'est ainsi que mes patrons me voient. Consommable, goûteuse et vite digérée. Pourtant, j'étais promise à un bel avenir. Ma pugnacité, mon entêtement et ma verve faisaient prédire à mes professeurs et à mes camarades une carrière flamboyante jalonnée d'honneurs et de nominations. Ça m'a toujours fait rigoler. Cette fille dont ils parlaient, je pouvais la regarder aller. Forte, têtue, assidue et *always right on the spot.* Mais dédoublée, confuse, elle me tue cette nana. Elle m'exaspère. J'ai envie de la coller dans un coin, de lui balancer ses quatre vérités au visage et de l'assommer. Elle m'épuise, me fatigue. Est-ce que quelqu'un pourrait lui écraser une roussette au visage, une fois pour toutes?

4

Volonti non fit injuria.
«On ne commet pas d'injustice
envers celui qui consent.»

Il m'aimait. Vraiment. Il l'avait dit. Et je l'aimais aussi, vous aviez compris. J'en étais là. Mais mon petit conte de fées en avait pris pour son rhume. Comme dans les histoires qu'on se raconte, enfant, à l'heure du dodo. Une princesse. Un preux chevalier bisexuel? Moi, princesse connasse, je restais sur le parvis du château. Sa vérité m'avait brisé la pantoufle de verre et m'avait laissée le nez en sang, en pleine face dans l'escalier. Mais ça allait. La princesse avait tout de même eu un doute. Compte tenu du fait qu'elle en avait bavé, elle s'était bien douté que la vie pouvait lui réserver quelques belles illusions bien charnues, bien attirantes, histoire de mieux la piéger. Elle avait encaissé, avait pris sa chaussure abîmée contre elle, s'était mouchée et avait fait semblant que «tout va tellement bien, la vie est belle, et merci de vous inquiéter, mais vraiment, je suis tellement heureuse, non, vraiment maman, tu n'as pas à t'en faire».
J'avais donc appelé Val.
— Con-ci-lia-Bulles! avais-je lancé dès qu'elle avait décroché.

— Où ? À quelle heure ? Combien de bouteilles seront nécessaires ?

C'est ce que j'aime de Val. Efficace. Droit au but. Toujours prête. Une vraie scout version griffée.

— Je pense que deux Mumm Napa feront l'affaire. Je suis un peu cassée pour la Veuve Clicquot et puis je me remets encore de ma soirée d'hier. Disons six heures ? Tu appelles Eugénie ?

— D'ac ! Je refile le reste de ma recherche au petit nouveau et je file à la SAQ.

Valérie bosse dans un bureau hyper prestigieux tout de marbre décoré. Elle a son bureau – la chanceuse ! – et une secrétaire lui a été attribuée dès son arrivée.

— Puis-je te demander l'ordre du jour ou tu me fais la surprise ? avait-elle osé.

— D'après toi ? Point 1 : peut-on envisager une relation qui ait de l'allure avec un mec qui se fait des mecs ? Et tous les points qui suivent sont du même acabit.

— Je vois. Donc la clause du vingt-cinq ans au moins sans aborder le sujet ne tient plus ?

— Non. Je l'ai abrogée ce matin, après mon troisième café.

— À plus, ma poule.

J'étais en train de préparer les pâtes quand Eugénie avait débarqué.

— Oh ! Ma pauvre chouette ! Ça va ? s'était-elle écriée en me tombant dans les bras.

— Mais oui, je ne suis pas morte comme tu vois. Je t'offre un petit quelque chose ? Les bulles ne sont pas arrivées, c'est Val qui s'en occupe.

— Une goutte de rosé en attendant. Qu'est-ce qu'on bouffe ?

Génie est une pure épicurienne. La bouffe, le vin et le sexe sont ses péchés mignons. Et pas toujours dans cet ordre…

— Cocktails de crevettes et avocat, et pastas saumon fumé à la vodka, ça te va ?

— Miam. Je crève de faim. J'ai sauté le dîner à cause de M^e SPM-à-la-dix : « Eugénie, il va falloir réviser toutes les pièces du dossier Bélanger. Je rencontre la partie adverse cet après-midi, et l'ex-conjointe a encore changé ses demandes quant aux biens à partager. M. Bélanger m'a envoyé de nouveaux relevés bancaires, mais il faudrait tout renuméroter. Avant quatorze heures.»

Eugénie fait son stage dans un bureau spécialisé en droit familial. Plutôt ironique, pour l'éternelle amoureuse qu'est notre Génie, de se retrouver jour après jour le nez dans des causes de divorce. Mais ce n'est pas ça qui va la décourager. Sa quête de l'homme avec un grand H est incessante. Mariage, ribambelle de flos, grosse cabane à Sillery, voilà ce que vise ma copine. Le droit, c'est un peu en attendant. Les mecs qui défilent dans son lit semaine après semaine aussi j'imagine...

—Salut mes cocottes! J'ai pris un Mumm et une Veuve. C'est moi qui offre la Veuve! avait lancé Valérie, s'écrasant en soupirant dans mon laid mais très confortable fauteuil vert olive. Journée de fous! Mais j'ai un potin croustillant à souhait, plus une information qui pourrait intéresser l'une de vous deux, avait-elle dit avec l'œil du chat qui a bouffé le canari. Par quoi je commence?

—Le potin! Le potin! avions-nous tranché en même temps, Génie et moi.

—D'ac. Vous vous rappelez bien sûr de Me Perkins, notre professeur de plaidoirie à l'École du Barreau?

—Me Yummy! *Of course my dear,* avais-je répondu.

—L'inaccessible et inébranlable Me Perkins, avait ajouté Génie en soupirant. J'avais un énorme *kik* sur lui, mais il ne m'a jamais remarquée, je pense. Marié, amoureux, papa de deux adorables rejetons, à ce qu'on m'avait dit à l'époque.

—Plus maintenant! avait lancé Valérie, triomphante. Il s'est mis en ménage avec quelqu'un d'autre...

—Pas vrai! Qui? Dis-moi *who's the lucky bitch?* s'était écriée Eugénie, au bord de la crise de jalousie rétroactive.

—Vous ne devinerez jamais, alors je vous fais une fleur et je ne vous fais pas languir. Mélissa Plourde, sa stagiaire.

—NON! Je ne te crois pas! avait hurlé ma copine. Pas elle! Plus *drab* que Mélissa Plourde, tu fais une annonce de Metamucil!

Eh ben, pour l'effet choc, c'est dix sur dix. Mélissa Plourde... Eugénie avait un peu exagéré en la décrivant, mais il est vrai qu'elle passe plutôt inaperçue. Le genre sportive, pas maquillée, peau impec, hyper naturelle. Mais il y a sûrement plein d'hommes qui craquent pour le genre belle d'Ivory.

—Allez, ma chouette, prends-toi un autre verre de rosé et oublie ça, avais-je dit à Génie, qui semblait toujours sous le choc. Qui sait, peut-être que votre bureau va s'occuper de son divorce ?

—Pffffff ! avait été son seul commentaire.

—Et l'info, c'est quoi ? avais-je demandé à Val.

—Celle-là, elle est juste pour toi, ma grande. Me Dutil est passé par mon bureau ce matin pour me piquer une clope et, l'air de rien, il m'a demandé comment tu allais, si ton stage se passait bien, et patati et patata...

—Dutil ? Le moustachu ?

—Oui ! Pinchou s'intéresse à ta petite personne et aimerait bien que je serve d'intermédiaire.

—Pas vrai ! Ce mec-là ne m'a jamais adressé la parole ! Et il veut quoi au juste ?

J'étais curieuse. Et peut-être un brin flattée. Louis Dutil arbore le pinchou, certes, mais il est tout de même assez séduisant dans le genre fin trentaine. Ce n'était pas que j'aie eu l'intention de le rencontrer officiellement, mais c'est toujours agréable de savoir que l'on a fait une touche.

—Il m'a demandé de t'emmener prendre un verre au Bilbo, un de ces soirs, pour qu'il puisse débarquer comme par hasard et se joindre à nous, m'avait expliqué Valérie.

—Hummm. Subtil... Et j'imagine que je ne suis pas supposée être au courant.

—Exact.

—Mais toi, tu me dis tout.

—T'as pigé ma vieille ! Alors, qu'en dis-tu ?

—Je te rappelle que j'ai « callé » un con-ci-lia-Bulles, ce qui veut dire qu'il y a crise.

—C'est vrai, j'ai oublié de te demander l'ordre du jour, avait lancé Eugénie. Ça a rapport avec ton copain gay ?

—Bi, Génie, bi. Pas gay, que je lui avais répondu.

—Ça ne veut rien dire, bi. Quand il est avec un mec, il est gay, non? Et quand il se tape une nana, il est hétéro. C'est comme ça que je vois ça.

—C'est ce qu'on appelle vivre dans le moment présent, s'était esclaffée Valérie. *Carpe diem!* Saisir l'instant!

—Pas sûre que c'est tout ce qu'il saisit, avait poursuivi Génie, pliée en deux à force de rire.

—Franchement, vous êtes gossantes avec vos niaiseries. Je suis sérieuse, moi. J'ai besoin de vos conseils. Alors, Val, tu ouvres les bulles, s'il te plaît, et je sers les pâtes. On reviendra à la question de ton collègue poilu tout à l'heure, d'ac?

—*Yes*, madame, à vos ordres.

Nous en étions à la fin de la première bouteille lorsque j'avais lancé la question qui tue.

—Je couche avec, oui ou non?

—Je pensais que tu avais fait une croix sur lui après l'autre soir? m'avait dit Génie.

—Je croyais aussi, mais après, je me suis mise à douter. Bon, il est bisexuel, on ne revient pas là-dessus. Mais c'est de moi qu'il est amoureux en ce moment, non? Alors, ce n'est pas si différent du mec qui est hétéro, qui a déjà couché avec d'autres filles, mais qui arrête soudain son choix sur une en particulier, non? Est-ce que je me plante carrément, là?

—Eugénie, tu te lances ou j'y vais? s'était enquise Val.

—À toi l'honneur, très chère.

—Merci. D'abord, laisse-moi te confier un truc. Ton Daniel, je l'avais classé «douteux» dès le départ.

—Douteux?

—Douteux. Dans le genre que je n'arrivais pas à savoir dans quelle équipe il jouait…

—Pourquoi tu ne m'en as jamais glissé un mot? Tu savais bien que je craquais pour lui.

—Je n'étais sûre de rien, ma puce. Je ne voulais pas semer le doute dans ton esprit déjà amouraché. Je me suis dit que tu finirais bien par percer le mystère.

— Merde! Mais je n'ai rien vu de douteux, moi! Je suis conne ou quoi? Toi, Génie, tu le trouvais douteux?

— Ben… Moi je croyais simplement qu'il était gay, m'avait-elle répondu en baissant les yeux.

— *Wow!* Méchantes copines! Vous me voyez toutes les deux tomber follement amoureuse de ce mec, et ni l'une ni l'autre ne pipe mot sur le fait que vous le pensiez soit à voile et à vapeur, soit juste à voile?

— Ou juste à vapeur… Je n'ai jamais su lequel représentait lequel…, avait dit Val, l'air sérieux.

— T'es conne. Vous me faites suer, toutes les deux, avais-je lancé, pas vraiment fâchée, juste un peu froissée.

Je n'avais rien vu. Pas l'ombre d'un soupçon de *gayitude* à l'horizon. *Rien. Nada. Zip.* Qu'un ciel tout bleu avec dedans de petits nuages joufflus, tout blancs, pis pourquoi pas un ostie d'arc-en-ciel avec ça.

— Alors, dis-je en faisant « poper » la Veuve. Je couche avec, oui ou non?

— Moi je dis oui, avait fait Génie.

— Toi, tu dis toujours oui, avait rétorqué Val en lui faisant un clin d'œil.

— *Look who's talking!* Miss Je-n'ai-pas-pu-résister-au-charme-troublant-du-prof-de-droit-du-travail…

Valérie lui avait tiré la langue en riant. Entre nous, je suis toujours un peu mal à l'aise, quand Val raconte ses aventures tantôt avec un professeur, tantôt avec un collègue. Ce n'est pas que ça me choque. Je n'ai pas une vie sexuelle aussi active que mes copines, mais je ne suis pas une sainte-nitouche non plus. C'est juste que Val a un amoureux depuis plusieurs années et que ledit amoureux, on le côtoie régulièrement lors de 5 à 7 ou de soupers. Je le trouve sympa son mec, mais je me sens toujours un peu nerveuse en sa présence, car je sais trop de choses qu'il ne doit pas savoir, et j'ai peur de gaffer.

Le con-ci-lia-Bulles avait pris fin quelques heures plus tard sur ces quelques résolutions: a) je n'avais rien à perdre, sauf peut-être quelques plumes ici et là (et je n'en étais pas à une plume près); b) pour un temps, le dossier du pinchou demeurait sur la glace ; c) le Mumm Napa avait un excellent rapport qualité prix, côté bubulles.

***

La chose avait donc été consommée quelques jours plus tard – et de fort agréable façon, dois-je admettre… Pas de feu d'artifice, ni de perte de conscience. Il n'y a que dans les films que le premier rapport suscite des secousses dignes de l'échelle de Richter. Faut tenir compte de l'incontournable malaise des corps qui se découvrent pour la toute première fois, du rythme pas si évident que ça à cerner, des angoisses de performance de l'un et l'autre, et patati et patata… Je me marre chaque fois que je vois les deux héros d'un blockbuster américain se faire aller : a) sur un comptoir de cuisine ; b) sur un mur ; c) dans un ascenseur ; ou d) dans un lit tout bête, et atteindre des sommets d'extase qui les laissent pantelants, la fille avec l'œil de la multi-orgasmienne chronique et le mec avec la moue de celui qui, bien sûr, les fait jouir à tout coup.

Daniel n'avait cependant rien du jeune puceau inexpérimenté. Un minimum d'antécédents en ce domaine se faisait sentir. Variés, les antécédents, vous me direz… Disons que j'aimais mieux ne pas trop y penser. N'empêche qu'être sexuellement bilingue doit donner une certaine aisance, un je-ne-sais-quoi de souplesse, en matière de manipulations. Mais qu'est-ce que j'en sais, au fond ? Je n'ai jamais donné du côté de la dame, moi. Je connais bien l'équipement, maîtrise assez bien ses subtilités et sais où chercher ce qu'il y a à trouver, mais je n'ai jamais tenté de reproduire ma science personnelle sur autrui avec un e. Et quoi qu'en pensent les tenants de la bisexualité innée des mammifères, le frotti-frotta avec une nana ne figure pas dans le top 10 de mes fantasmes. La seule exception que, personnellement, je considère comme étant universelle est incarnée par la sublime Angelina Jolie. Elle s'inscrit comme clause nonobstant des serments de fidélité, d'hétérosexualité pour les femmes et d'homosexualité pour les hommes. Même le dalaï-lama se la ferait, s'il le pouvait, j'en suis presque convaincue…

J'avais aimé m'endormir le nez enfoui quelque part entre ses deux omoplates. Je m'y étais tout de suite sentie chez moi. Même l'odeur de sa peau m'avait été quasi familière. Un mélange de sel de mer et de bruyère. Douce, chaude, mienne. Son corps m'avait surprise par le découpage précis qui traçait d'aguichantes frontières entre les diverses parties de son anatomie. Je le croyais plus uni, plus lisse. Il était étonnant de reliefs. J'ai adoré le parcourir par monts et par vaux.

—Ça va, ma puce? m'avait-il glissé à l'oreille en s'étirant langoureusement.

—Oui. Je suis bien, Daniel. Je savais.

—Tu savais quoi?

—Que je serais chez moi sous toi…

—Et au-dessus, ça semblait aller aussi, non? avait-il répondu en riant.

—Pas mal non plus, avais-je admis en rougissant un peu.

Je me sentais agréablement engourdie. Presque sereine. Cliché, je sais, mais j'aurais voulu que le temps s'arrête, comme dans les chansons. Pourtant, c'était plus fort que moi, une petite voix gossante me susurrait le préfixe bi à répétition. *Ta gueule! Je suis bien, il est là, tout à moi, on s'en fout du reste!* Mais je ne me croyais moi-même qu'à moitié… *Bi, bi, bi…*

5

La préparation du procès se poursuit. Je suis vidée et ma tête est pleine de concepts de bonne foi des parties, d'obligations légales et contractuelles, de *ratio decidendi* et de tout le jargon légal. Plus j'avance dans mon travail, plus je me rends compte que le pauvre mec qui poursuit la banque n'a aucune chance. Ce n'est pas qu'il n'a pas d'arguments à plaider de son côté. C'est juste qu'il ne peut se battre contre la grosse machine mise en branle par la banque. Un gros bureau d'avocats, un senior qui doit charger dans les huit cents dollars l'heure, des témoins que l'on déplace aux frais de la princesse, qui a les moyens de contrer ça? Sûrement pas le P-DG d'une modeste entreprise familiale qui s'est fait « tirer la plogue » par une banque. Le monsieur pourra se payer un des avocats du coin, et encore peut-être pas le meilleur. Nous, on va débarquer dans son patelin avec toute l'armada. Il est cuit. Et cela m'attriste. Je déteste les combats inégaux. Les dés sont pipés, et c'est moi qui les lance.

Comprenons-nous bien. J'adore le droit. J'en mange à la petite cuillère avec délices. La gymnastique intellectuelle, c'est mon sport de prédilection. Je carbure aux points de droit obscurs, aux zones floues de la jurisprudence. À l'université, mes profs voyaient en moi une future juge de la Cour suprême. J'étais la star montante. Mais comme toute bonne étoile en ascension, ce n'était qu'une question de temps avant que je n'implose, car j'ai juste envie de tout laisser tomber.

Ce dossier sur lequel je travaille depuis des semaines, le stage, l'assermentation et tout le bataclan. Ras-le-bol. Je crois que je ne suis pas faite pour ce job, ni pour ce milieu. Je me sens comme un greffon qui ne prend pas. J'arrive à faire semblant par moments. Parfois même pendant des semaines. Je me crois. Ils me croient. Mais arrive toujours l'instant où la mascarade ne suffit plus. Je me réveille un matin, et tout ce que je veux, c'est rester couchée, l'oreiller sur la tête et ne plus penser que ma vie, c'est ça.

Le processus de désintégration a débuté à l'École du Barreau. C'est là que j'ai commencé à ressentir les premiers signes du sabotage interne. J'avais l'impression de suivre des cours de cuisine, et encore, croyez-moi, les profs étaient loin d'avoir la dégaine d'un Daniel Pinard… Les «moyenne C», eux, se délectaient. Fini les grands principes qui demandent une analyse et une réflexion poussée. Bienvenue dans le monde réel, celui où le droit n'a pas grand-chose à voir avec la justice. N'allez pas croire que ceux qui persistent et signent comme avocats et adoptent le «maître» comme étendard sont tous des nullards. Bien sûr que non. Certains avocats que je côtoie sont de purs petits bijoux d'intelligence. Ils ont su faire la transition entre la théorie et la pratique de manière brillante. Mais les «moyenne C» pullulent. Et deviennent parfois des maîtres très bien payés. Auriez-vous envie de confier vos bobos à un médecin qui a terminé son cours de médecine par la peau des fesses et qui a coulé deux fois ses examens pratiques? Moi non plus. Et pourtant…

Résultat, je me défais lentement. Je me grignote de l'intérieur. Cric, crac, croc.

***

Depuis la soirée cauchemardesque, le troll velu se plaît à m'appeler à toute heure du jour. «Pensais-tu à moi? me lance-t-il dès que je décroche. Moi, je n'arrête pas de penser à notre soirée…» Pouach! Je fais tout ce que je peux pour rayer l'épisode de ma mémoire, et lui se complaît dans les réminiscences. J'ose à peine imaginer ce qu'il fait quand il songe à moi. Repouach ! La dernière image que je veux avoir en tête, c'est bien Me Tremblay en train de se faire une petite branlette à ma santé. Je ne sais pas à quel point sa charmante et distinguée épouse sait que son homme est un porc. Il doit bien y avoir des signes, non ? La théorie de l'aveuglement volontaire ne s'applique pas qu'en droit. Probablement plus répandu qu'on le pense. Il y a un beau spécimen du genre qui bosse avec Daniel, au bureau des procureurs de la Couronne.

— Je te jure, *love*, ce gars-là est un champion mondial !

— Qu'est-ce qu'il a fait encore, ton beau Serge ? lui avais-je dit tout bas en cherchant l'autre des yeux.

On se faisait un petit lunch en amoureux, à la cafétéria du palais de justice, alors fallait faire gaffe.

— Il a invité ses futurs beaux-parents à visiter le bureau ce matin. Sa fiancée les accompagnait, tout sourire. Tous les trois le regardaient comme s'il était la huitième merveille du monde. Et notre Serge qui arborait son plus bel air du gendre idéal, hyper attentionné, les dents qui sèchent au vent. On s'est tous cachés pour pleurer de rire dans nos coins.

Il était justement là, le Serge en question, sirotant un café et regardant autour de lui s'il n'y aurait pas quelques femelles en pâmoison à appâter. Il m'avait décoché une œillade lascive en passant. J'avais tiré la langue. Il sait que je sais à quel point il est un trouduc de première. La jeune trentaine, il travaille à la Couronne et se spécialise dans les dossiers d'abus sexuels, de viols et autres crapuleuses causes du genre. Il a tout du preux chevalier qui met les odieux criminels en prison. Faut le voir se délecter de l'attention qu'il suscite auprès des médias. Il rayonne, dégoulinant de suffisance. Sa fiancée, une jolie blonde qui fait dans le design d'intérieur, est complètement gaga de lui. La date du mariage est fixée quelque part en septembre prochain. Une grosse noce. Plus de trois cents convives. Je le sais car Daniel est invité, comme tous les membres du bureau d'ailleurs, et il m'a demandé de l'accompagner.

Le hic, c'est que le valeureux Serge baise tout ce qu'il peut se mettre sous la main comme nanas. Grandes, petites, grosses, maigres, rousses, noires, blondes, avocates, étudiantes, prostituées, clientes, et j'en oublie sûrement. C'est une machine. Impossible de s'approcher à moins de trois mètres de lui sans se retrouver avec une de ses mains sur une hanche. Là, il se penche à l'oreille de sa prospecte et lui susurre « T'es belle, t'es trop belle ». Paroles d'une banalité à tuer qui sont supposées nous faire trembler de plaisir, nous, faibles femmes. Ça laisse presque une traînée de bave dans le cou. Le pire, c'est que ça semble fonctionner, puisque son tableau de chasse déborde. J'avoue qu'il me prend parfois des envies de courrier anonyme adressé à Miss Design, mais je me retiens. Pas mes oignons. En plus, elle me toise toujours d'un regard dédaigneux lorsque je la croise. Alors, qu'elle l'épouse, son maquereau. Je ne m'en mêle pas. Tout de même, ça me fascine qu'on puisse être dupée à ce point.

Remarquez, je ne suis peut-être pas mieux… Côté aveuglement volontaire, je ne donne pas ma place parfois.

***

— J'avoue que tu m'épates, Caro, déclare Valérie. Je ne pensais pas que tu avais ça en toi.

— De quoi tu parles ? dis-je en buvant ma grappa.

Nous sommes attablées au Jules et Jim, sur la rue Cartier, pour un petit 5 à 7 improvisé. J'adore ce petit zinc. Une faune bigarrée s'y côtoie dans une atmosphère un peu dépravée. Du *boomer* typique cheveux mi-longs et grisonnants jusqu'à la vieille « belle d'une autre époque », en passant par toute une flopée d'universitaires qui refont le monde autour d'un verre de rouge. Les fauteuils sont décatis à souhait et la grappa, savoureuse.

J'ai quitté le bureau à seize heures trente, au grand étonnement de Luc. « Il n'y a plus rien qui entre dans ma tête ou qui en sort, je me pousse », lui ai-je dit en prenant mon sac. « Tu fais bien, ma grande, va te changer les idées et prends un peu de soleil en même temps. Tu fais peur à voir. » Il sait que le procès à La Malbaie débute la semaine prochaine et s'inquiète à me voir dépérir. J'ai le teint vert, je bourgeonne plus que jamais et mon peu de sens esthétique a foutu le camp.

Ce matin, j'ai enfilé une jupe de velours noir et une veste de la même couleur. En plein mois de juin. J'ai l'air d'une veuve qui pleure son chéri depuis des lustres. L'œil étonné de Valérie, à mon arrivée au bar, a confirmé ce que je soupçonnais : mon look tue. Et pas dans le sens positif.

— Je fais référence au fait que toi et Daniel semblez filer le parfait bonheur depuis des mois.

— Et puis quoi ? Je n'ai pas l'air d'une fille qui peut s'épanouir en couple ?

— Non, ce n'est pas exactement ça, poursuit-elle, l'air vachement sérieux. C'est juste que tu n'es pas le genre de nana qui se laisse glisser doucement sur le mythique long fleuve tranquille. Tu n'as pas le bonheur facile. Tu te poses beaucoup trop de questions pour ça, habituellement. C'est louche.

— Bon, je suis louche maintenant ! Elle est bonne, celle-là !

— Je n'ai pas dit que tu es louche, c'est toute cette histoire, qui me semble douteuse. Excuse-moi de te dire ça, ma chouette, mais je te trouve, comment dire, au point mort, ces derniers temps…

Elle semble sincèrement désolée de me balancer ça à la figure.

— Ben, c'est vrai que je suis plus calme, mais je ne vois pas où est le problème avec ça. Je suis fatiguée, voire écœurée de ce foutu procès à préparer, je dors peu, je mange mal et je ne vois pas Daniel assez souvent à mon goût, car il est dans le jus à la Couronne, ces temps-ci. C'est peut-être ça, qui te titille ?

— Tu es certaine que ça roule, toi et lui ?

— Qu'est-ce que tu veux dire ? Je te répète qu'on ne se voit pas assez souvent à mon goût, mais pour le reste, ça va très bien ! Pourquoi ai-je l'impression de sonner faux, là ?

— Je suis peut-être complètement dans le champ de patates, mais j'ai l'impression que tu as perdu quelque chose de fondamental, une partie de toi. Un truc du genre essentiel.

— En tout cas, des fois que tu te poserais la question, ce n'est pas ma virginité, dis-je en tentant d'alléger l'atmosphère, qui devient de plus en plus pesante.

— Niaiseuse, s'esclaffe-t-elle. Tu penses que je ne me souviens pas de l'histoire de la banquette arrière de la Mazda du papa de ton premier amant ? Tu nous as tellement fait rire quand tu as raconté que tu t'étais tapé une commotion cérébrale après qu'il t'avait assommée contre la vitre arrière, et surtout l'expression du visage de ta mère lorsqu'elle est allée te chercher à l'hôpital.

— Pauvre maman. En fait, je crois qu'elle n'a jamais vraiment cru que je m'étais fermé la portière sur la tête.

— Tu vois, c'est ça qui me manque. La Caro qui tourne tout en dérision, qui se pose une question et qui ne lâche pas le morceau tant qu'on n'a pas bâti une belle petite théorie bien à nous sur le sujet. Tu sais, ton côté « Il n'y en aura pas de facile, mais *so what* ? ». Depuis quelque temps, on dirait que tu acceptes tout sans rechigner. Tu es floue. Voilà, j'ai trouvé le mot qui te qualifie parfaitement : floue.

— Floue ? Tu veux dire comme Robin Williams dans *Deconstructing Harry,* le film de Woody Allen ?

— Heu… pas vu ce film…

— C'est vrai, j'oubliais que tu ne partages pas ma passion débridée pour Allen. Dans ce film, Robin Williams joue un auteur en panne d'inspiration dont la vie pathétique se mélange avec les nouvelles qu'il écrit. Et Allen le cadre en flou pour représenter sa déconstruction intérieure.

— Et c'est bon ?

— Génial, bien entendu.

— D'accord, peut-être que je le louerai.

— Profites-en pour te faire également *La Rose pourpre du Caire, Crimes et châtiments…*

— Ça va, ça va. N'essaie pas de changer de sujet. Tu es floue, disais-je. Et c'est depuis que tu es avec ton bel Anglais.

Est-ce que ma copine a raison ? Suis-je en train de devenir floue aux yeux des autres autour de moi ? Je sens bien que quelque chose cloche. Ça me tient éveillée le soir, mais je n'arrive pas à mettre le doigt dessus. J'aime Daniel. Il m'aime. D'accord, on ne se voit pas beaucoup à cause du boulot. Mais lorsque nous sommes ensemble, tout est parfait. Le sexe, les discussions à bâtons rompus sur une foule de sujets, les bouffes qu'on partage, les promenades, les dodos, impec tout ça! Alors, c'est quoi le malaise?

—Est-ce qu'Eugénie partage ton opinion?

—Oui et non, en fait. On en parlait justement hier midi. Tu connais Génie. Elle veut toujours croire que les histoires d'amour finissent bien, qu'ils vécurent heureux et tout le bataclan. Mais elle a tout de même remarqué que tu as changé.

—Toi, Val, tu ne crois pas que les histoires d'amour peuvent durer?

—Pas comme Génie en tout cas. Et toi non plus d'ailleurs, non?

—Peut-être que cette fois-ci j'aimerais y croire, moi aussi...

—Mais tu n'y arrives pas, me dit-elle tendrement.

—C'est vrai, avouai-je tristement. Je ne sais pas si c'est du sabotage ou si vraiment il y a un truc qui cloche.

—Au moins, c'est bon signe!

—Ah oui?

—Tu te poses encore des questions!

—Peut-être trop, justement...

—Ben moi, si j'étais à ta place, je m'en poserais aussi.

—Parce que Daniel a déjà couché avec des mecs?

—Parce qu'il est bisexuel, Caro. Moi, j'aurais l'impression d'être en compétition avec la planète entière.

—Ridicule. Je ne suis en compétition avec personne. Ce n'est pas différent de n'importe quel couple. Toi, ton *chum* peut du jour au lendemain tomber en amour avec sa secrétaire ou sa collègue ou, tiens, avec la jolie serveuse du resto où il dîne tous les midis.

—Peut-être. Mais je sais qu'on joue, elles et moi, sur le même terrain et avec les mêmes armes. Toi, tu ne peux pas compétitionner avec un mec. T'as pas l'équipement nécessaire.

—Franchement, Val...

—Quand vous faites l'amour, ça ne t'arrive pas de te demander s'il ne lui manque pas un petit – ou un gros – quelque chose?

— T'es vraiment conne aujourd'hui, Val. Tu ramènes tout à la génitalité de la chose. Bon, OK, je n'ai pas de pénis, mais je n'ai jamais eu l'impression que ça lui manquait.

— Peut-être pas pour le moment. Je ne veux pas te faire de peine Caro, je t'aime comme une sœur. Je ne veux pas que tu aies mal, c'est tout.

— Val, on n'est jamais sûrs de rien, tu le sais aussi bien que moi.

— Bonjour mon amour! s'écrie soudainement Val.

Je me retourne et aperçois Marc, son copain, qui vient nous rejoindre en souriant. Elle m'a encore fait le coup du trio infernal. Je déteste ça. Elle dit à son mec de nous retrouver quelque part sans m'avertir. Ce n'est pas que je n'apprécie pas Marc. En fait, je le trouve plutôt sympa, bien que le genre jeune loup aux dents longues ne me plaise pas particulièrement. Mais il est drôle et il m'aime bien, lui aussi, je crois. Cette fois, la situation ne s'avère pas trop inconfortable, contrairement à la majorité des occasions où nous nous voyons tous les trois. Valérie a la fâcheuse habitude de me raconter dans le menu détail ses aventures sexuelles avec d'autres hommes. Ces temps-ci, elle se fait un des associés du bureau où elle travaille. Je ne la juge pas. C'est son truc à elle. Mais quand elle me narre le récit de leur dernière baise dans une luxueuse suite du Château Frontenac, pendant les heures de bureau, et que Marc revient des toilettes dans la seconde qui suit, je veux mourir. Je n'ai pas les nerfs aussi solides qu'elle, manifestement.

— Alors, les filles, on parlait de moi? lance-t-il en embrassant Val.

— Mon chéri, tu te penses trop important, lui répond-elle en l'embrassant à son tour. On parlait boulot. Et shopping. Et sexe, bien entendu.

— Rien de nouveau sous le soleil, alors.

— Ta blonde trouve que je suis floue. T'en penses quoi, toi?

— Floue? Comme dans ce film…

— Tu l'as vu toi aussi? dis-je.

— J'adore tout ce que fait Woody Allen. Valérie ne te l'a jamais dit?

Non mon cher, elle a d'autres trucs à me raconter la plupart du temps... Comme chaque fois que Marc se joint à nous, la conversation se met à tourner autour de la politique, de la Bourse et autres sujets socioéconomiques dont il raffole. J'avoue que, cette fois, ça fait bien mon affaire.

***

J'arrive chez moi vers vingt et une heures.

— Mademoiselle Grenier, j'ai vu un homme entrer dans votre appartement tout à l'heure...

J'avais bien besoin de ça. Ma voisine, le cheveu fraîchement teint noir corbeau, du haut de ses quatre pieds dix pouces, qui m'attend sur le palier de sa porte.

— Bonsoir, madame Richer. C'est sûrement mon amoureux, il n'y a pas de quoi s'inquiéter. Vous pouvez retourner à votre émission préférée... Je crois que *La Poule aux œufs d'or* va débuter bientôt, lui dis-je, l'air méchant.

— Il y a des règles, ma-de-moi-selle, fait-elle sur un ton encore plus désagréable qu'à l'habitude. Les seules personnes qui peuvent détenir une clé de l'immeuble sont celles qui sont spécifiquement identifiées sur le bail. Je ne crois pas que le jeune homme que j'ai vu ce soir se qualifie à ce titre.

« Se qualifie »... C'est bien elle ça. À part épier tout le voisinage, son univers gravite autour de deux sujets : le droit — héritage de feu son mari, juge poivrot à la Cour supérieure — et les émissions de téléréalité.

— Est-ce que je suis éliminée ? Le public a-t-il voté pour quelqu'un d'autre ?

— Quoi ? couine-t-elle en s'approchant.

Je peux sentir son odeur typique, un mélange d'urine et de patates bouillies.

— Rien, je m'occupe de ça. Merci pour votre vigilance...

Et dire qu'elle ose me faire la leçon, elle qui accueille régulièrement chez elle des ex-collègues de son mari, tous plus décatis les uns que les autres, pour de prétendues parties de bridge qui finissent presque toujours en séances de touche-pipi.

Je ne parle pas à travers mon chapeau ; les murs, plafonds et planchers de mon immeuble semblent faits de papier mâché alors… Faut avoir le cœur solide pour se taper ça, je vous jure.

Daniel est là. Je ne m'attendais pas à le voir ce soir, puisqu'il devait bosser tard sur un truc de corruption policière.

— T'es pas au bureau ?

— Bonsoir à toi aussi, ma puce… T'es pas contente de me voir ? dit-il à la blague.

— Mais oui, c'est juste que je ne m'y attendais pas. Tu m'as vu l'allure ?

— Disons que tu fais assez dramatique, genre Juliette Gréco, fin de soirée. Mais donne-moi quelques minutes et je te promets nudité et rouge aux joues, ma douce, murmure-t-il de cette voix qui me fait l'effet d'un direct aux ovaires.

— Des promesses, des promesses… Tu me laisses prendre une douche avant d'attaquer ?

— Mouais, répond-il en jouant l'offusqué.

Est-ce la conversation que j'ai eue avec Val ? Toujours est-il que là, sous la douche, je ne ressens pas l'excitation habituelle à l'idée de me mettre au lit avec Daniel. Peut-être suis-je juste complètement crevée ? Fatigue extrême et libido ne font pas bon ménage, c'est connu. D'un savonnage vigoureux je tente de faire taire la petite voix qui me dit que les longues heures au bureau ne m'ont jamais tiédi l'appétit auparavant…

Daniel est déjà au lit, un verre de Chivas à la main. *Dieu que je le trouve beau ! Tout de lui me plaît,* me dis-je. Tout, ou presque.

— C'était long la douche, dis donc !

— Un peu de patience, jeune homme, tout vient à point…

— Chut ! Viens me rejoindre.

Je me glisse auprès de lui. Sa peau est brûlante. La mienne, glacée.

— Aïe ! Tu as pris une douche froide ou quoi ?

— Non, je suis comme ça lorsque je suis fatiguée. On dirait que mon sang ne circule plus, dis-je piteusement.

—Eh ben… Est-ce que je peux tenter un réchauffement ? dit-il en posant une main sur la partie la plus douce de ma cuisse.

Bon, qu'est-ce qui cloche encore ? Habituellement, à ce stade, je suis déjà dans tous mes états, anticipant avec délices ce qui va suivre. Et là, rien. Battement cardiaque régulier, souffle calme, température intérieure frôlant le point de congélation.

—Daniel, tu as vraiment envie de moi ? dis-je d'une voix à peine perceptible.

—Quoi ?

—Tu as vraiment envie de baiser *avec moi* ? cette fois d'une voix aux accents nettement plus aigus.

—Ben oui. Tu parles d'une question. Qu'est-ce que je fais ici tu crois, dans ton lit, nu comme un ver avec une érection digne des grands jours ?

—Bravo pour l'érection, mon champion…

—Ouch ! Un brin agressive, ce soir ! Qu'est-ce qui se passe ? Le vieux schnock t'a encore fait suer aujourd'hui au bureau ?

—Pas plus que d'habitude, non.

—Alors c'est quoi ? Est-ce que je vais devoir te soumettre à la torture pour que tu craches le morceau ? Remarque que ça ne me déplairait pas d'essayer quelque chose du genre…

—S'il te plaît, Daniel, arrête de déconner, OK ? Je t'ai posé une question et j'aimerais que tu y répondes.

—Caro, je ne comprends pas. Je t'aime, j'ai envie de toi. J'ai quitté le bureau plus tôt que prévu pour pouvoir te rejoindre ici. Je ne vois pas où est le problème.

—Quand tu as envie de moi, ou encore lorsqu'on fait l'amour, qu'est-ce qui se passe dans ta tête ?

—Pas grand-chose, disons que je suis plutôt dans l'instant présent. Pas toi ?

—Est-ce que ça t'arrive de penser à des mecs pendant que tu me baises ?

—Ah ! Voilà ! Le chat sort du sac…

—Normal que je me pose la question, non ? Tu ne me parles jamais pendant, t'as l'air super concentré et tu as presque toujours les yeux fermés…

—Merde, Caro, c'est quoi ce bordel? Tu prends le temps de m'analyser en pleine action? C'est vraiment moche, tu sais.

—Tu n'as pas répondu.

—Est-ce que je te demande ce qui te trotte dans la tête quand tu jouis? Peut-être bien que tu fantasmes sur Johnny Depp…

—Tu es ridicule. Et tu ne réponds pas.

—Est-ce que je dois absolument tout te dire? Le jardin secret, c'est juste pour les nanas?

Il se lève et se rhabille en vitesse.

—Tu vas où comme ça?

—Je me pousse, Caro. Pas sûr que j'aie envie d'avoir cette conversation-là avec toi ce soir.

—Alors quand?

Tout à coup, je réalise que, bien que nous discutions parfois jusqu'à très tard dans la nuit, à propos de tout et de rien, jamais nous n'abordons le sujet de notre relation. «Ce qu'on vit est merveilleux.» Voilà ce qui résume en gros tout ce qu'il a pu dire à propos de nous depuis des mois. Ouais, et puis après? Peut-être ai-je besoin d'élaborer un peu, de savoir où on s'en va, je ne sais pas, moi. Suis-je en train de me transformer en mégère qui veut tout contrôler? Il me semble que non. Mais c'est ainsi que je me sens, là, avec lui devant moi, qui remet ses souliers avec l'air du mec qu'on a tenté de piéger. Merde! Je me sens tellement loin de lui à cet instant précis.

—Daniel, ne t'en vas pas tout de suite, OK? On va se faire un truc à grignoter et on va se calmer un peu, d'ac?

—Je n'ai pas faim. Et je suis tout à fait calme. C'est toi qui pètes une coche, Caro. Et je me répète, pas du tout envie de me taper ça.

—OK. Mais reste à dormir avec moi.

Mais qui est cette fille avec sa petite voix suppliante? J'ai l'impression de me dédoubler et de me regarder parler et agir sans avoir le contrôle.

—Je rentre, Caro. Je t'appelle demain.

La porte se referme doucement. Je crois que j'aurais préféré qu'il la claque bien fort.

***

N'empêche qu'il était peut-être temps que cette dispute – mi-avortée, il faut bien le dire – ait lieu. Je me sentais comme une bombe à retardement. Je l'admets, Val avait raison : je ne me reconnaissais plus. Je voulais tellement croire à cette belle histoire que j'ai fait taire, du mieux que je l'ai pu, cette satanée petite voix qui tente constamment de semer le doute dans mon esprit enamouré. Mais comment faire la différence entre la *vraie* petite voix, celle qui a toujours raison, et l'autre, celle qui relève des angoisses et des désordres du subconscient ? Même ton, même vocabulaire. J'ai l'impression de devenir schizo. Jamais eu ce problème auparavant. Je ne dis pas que j'ai toujours suivi les conseils de cette alliée. J'ai plus souvent qu'à mon tour refusé de les suivre, me mettant volontairement les pieds dans les plats. Mais je savais chaque fois que je me dirigeais de plein gré vers un désastre. Comme la fois où je m'étais amourachée d'un mec qui se servait de moi à titre de *rebound*. Ou lorsque j'avais décidé que ramasser des fraises tout l'été serait sûrement une agréable façon de faire des sous. Ou bien encore lorsque j'ai adopté le rose fuchsia comme thème officiel de ma garde-robe, un certain printemps. À chacune de ces occasions, l'alarme avait retenti bien clairement : « Pas l'idée du siècle, ma cocotte ! »

Avec Daniel, les signaux ne sont pas nets. Il y a de l'interférence. « *Houston, we've got a problem* » ou « *It's a wonderful world* » ? Mes pensées s'entrechoquent et s'entrecoupent de la plus déstabilisante des manières. Dans le coin droit, portant le maillot vert et pesant cent quatre-vingts livres bien réparties, Daniel Fraser. Dans le coin gauche, portant la culotte rose, pesant cent vingt-cinq livres mouillée, Caroline Grenier. Un combat à finir. Pourquoi ? Parce que Val a semé le doute. Ou parce que le doute était déjà bien enraciné de toute façon. Peu importe, il faudra bien crever l'abcès, qu'il le veuille ou non. Pas de retour possible vers la béatitude niaise.

6

J'ai rejoint Eugénie pour un petit-déjeuner très très matinal. Elle aussi bosse sur un dossier bien juteux – un mégadivorce entre une Miss Météo et un homme d'affaires qui en était à sa quatrième union – et se tape de longues heures au bureau. Nous nous étions donné rendez-vous au Café Krieghoff à sept heures. Fidèle à mes habitudes de ponctuelle maniaque, je suis là à six heures cinquante, l'œil glauque à force de manquer de sommeil. J'ai croisé mon reflet dans une vitrine avant d'entrer au café : un peu misérable, comme allure. Ce matin, j'ai remonté mes cheveux dans ce que j'imaginais être un chignon savamment noué et enfilé une robe longue d'été à motifs floraux. Sur le coup, ça me semblait charmant, un peu éthéré, gracieux. J'ai plutôt l'air d'avoir un saint-honoré sur la tête et les flefleurs pastel me donnent un air cadavérique. Bravo encore une fois pour le pif.

J'ai commandé un allongé en attendant ma copine, qui arrivera sûrement avec une bonne quinzaine de minutes de retard. Déjà, à l'époque de l'université, on la voyait arriver en courant, la «broue dans le toupet'», au premier cours du matin. Contrairement à moi, ses levers tardifs ne l'empêchent pas d'être superbe. J'ai appris à me résigner et à concéder.

— Désolée ! lance-t-on derrière moi.

Elle est là, avec son grand sourire charmeur, magnifique, évidemment.

— Le réveil a sonné, mais je me suis rendormie.

—Salut, ma puce. Tu t'es rendormie seule, que je lui glisse avec un clin d'œil.

—Euh… Pas vraiment, répond-elle en rougissant un brin. Tu sais, le mec dont je t'ai parlé l'autre jour…

—Le prof ténébreux ?

—Oui, celui qui enseigne la criminologie au cégep Garneau. On s'est croisés hier après-midi au palais de justice et on a pris un café ensemble.

—Il n'y a que toi pour sauter du café d'après-midi à la torride fin de soirée, dis-je en m'esclaffant.

—Arrête de m'agacer. Tu sais très bien que je le vibrais depuis un bon bout de temps, Caro, dit-elle, mi-choquée, mi-rieuse.

Eugénie a le mérite de s'assumer pleinement. Elle a une vie sexuelle qui ferait rougir bien des libertines. J'avoue que je l'envie un peu. Cette liberté qu'elle s'accorde d'offrir son corps, pour le simple plaisir, me fascine et me trouble. Je sais qu'il y a toujours un espoir tapi derrière cette générosité. Cette quête insatiable du grand amour. Mais ce n'est pas que cela. Ce serait trop facile comme équation. Il y a plus. Ou moins. Un côté profondément animal qui l'habite. Une pulsion de vie. Un souffle qui me manque. Là où j'analyse et pondère, elle fonce et saute. Quand je me questionne, elle conclut. Il réside en elle une urgence déconcertante de vivre, de goûter et de sentir. Elle est vibrante de vie et de sensualité. Elle est amadou ; je suis charbon.

—Et c'était comment, avec monsieur le professeur ?

—Moyen tiède. Décevant, je dirais. Je l'imaginais plus, comment dire…

—Imaginatif ?

—Quelque chose du genre, ouais, dit-elle comme à regret.

—Pas de suite donc ?

—Je n'ai pas dit ça ! Il me plaît tout de même. Je suis juste un peu déçue. Il me semble que je l'ai trouvé moins craquant ce matin.

—Typique des lendemains de baise non satisfaisants. Le mec perd des plumes et du mystère. Refroidissant.

—Bof, on verra. Et toi, ma pupuce, comment vont les amours avec le beau *British*? s'enquit-elle tout en jetant un œil distrait sur le menu que la serveuse vient de déposer devant elle.

—Tiède tiède. Un peu « frette » même.

—Comment « frette »? Ce n'était pas cuicuicui-les-petits-oiseaux-chantent, vous deux? Je vais prendre la crêpe aux fruits extra crème fouettée, s'il vous plaît, enchaîne-t-elle en s'adressant à la serveuse.

—Ce sera l'omelette jambon, fromage et asperges pour moi, merci.

Une fois la jeune fille repartie avec nos commandes, je poursuis:

—Ça ne roucoule pas fort, disons.

—T'exagères pas un peu?

—T'as déjà vu un moineau qui vole, l'air sûr de lui, et qui va se fracasser la tête la première dans une vitre trop propre?

—Ben oui, c'est quoi le rapport avec Daniel et toi?

—Le moineau, c'est moi. Et disons que la vitre, c'est Daniel…

—Je ne comprends pas très bien. Tu trouves que Daniel est trop *clean* ou quoi?

Génie n'est pas très douée pour la compréhension des métaphores et allégories en tout genre. Elle possède bien d'autres qualités, mais disons qu'avec elle il est préférable de ne pas trop imager le propos.

—Je pense que je suis en train de me planter solide. Il y a quelque chose qui cloche entre lui et moi, et ça m'a pris un temps fou avant de m'en rendre compte.

—Est-ce que ç'a un lien avec le fait qu'il est bisexuel?

—Oui. Et non. Je ne sais pas. Je me pose un tas de questions. Normal, non? Et lui, il évite le sujet. Je ne sais pas si c'est le sujet qui me dérange ou si ce ne serait pas le fait qu'il le contourne. J'ai essayé de lui en parler hier soir et ça a foiré lamentablement. Il a dit qu'il m'appellerait aujourd'hui, mais j'ai le sentiment qu'il n'en fera rien. Je panique un peu.

—Peut-être que ce n'est pas une mauvaise chose, Caro, que tu aies brassé la cage un peu, tu ne penses pas? Tu ne peux pas fermer les yeux sur un truc qui te turlupine.

—Je sais, dis-je en soupirant. Mais je me sens lâche. Fatiguée. Je n'ai pas envie de tout remettre en question.

—Je connais le *feeling*. Tu te souviens du mec avec qui j'avais passé près d'un an, alors que je savais pertinemment, dès le premier mois, que ça n'allait pas du tout?

—Oui, je m'en souviens très bien. Val et moi faisions des paris sur la durée de la chose. J'avais sous-estimé ton endurance et j'avais dû lui payer quelques bouteilles de Veuve Clicquot.

—Ça n'avait rien à voir avec l'endurance. Pure paresse, tout simplement. Je n'arrivais pas à me décider à aborder le sujet avec lui. Ça m'épuisait seulement que d'y penser. Il a fallu qu'il fasse un truc vraiment poche pour que le vase déborde pour de bon.

—Au fait, tu ne nous as jamais dit ce qu'il avait fait pour que tu craques…

—Il était débarqué chez moi avec une autre fille pour qu'on se fasse un *threesome*…

—T'es pas sérieuse? Et toi, ça ne te disait rien, bien entendu, lui dis-je en riant.

—Elle était laide comme tout. Un vrai pichou, alors…

—Et on ne voudrait surtout pas expérimenter avec un pichou, que je lui lance en m'étouffant presque avec un bout de pomme de terre rissolée.

—Ben non!

On rit comme deux folles, et des gens commencent à nous regarder de travers. Il y en a qui prennent vraiment très au sérieux l'épluchage de leur quotidien matinal. Faut dire qu'on parlait un peu fort. Et c'est maintenant que mon cellulaire choisit de sonner. Encore des regards réprobateurs.

—Allô?

—C'est moi.

J'avais tout faux. Il n'était même pas huit heures et Daniel appelait, comme promis.

—Ça va? Je voulais te dire, pour hier soir, j'y suis peut-être allée un peu fort.

—Non, Caro, tu as eu raison, dit-il d'une voix qui me semble lointaine.

J'ai soudain comme un haut-le-cœur. Une sensation des plus désagréables monte en moi. Mon ventre se serre et j'ai très chaud tout à coup.

— Qu'est-ce que tu veux dire, Daniel? dis-je à voix basse.

— Je ne dis pas que tu as raison de croire que je pense à quelqu'un d'autre quand on fait l'amour. Mais il est vrai que je suis un peu mêlé, par bouts, et que je préfère faire semblant de rien.

— Tu préférerais être avec un homme, c'est ça?

— Pas nécessairement. Je t'aime, Caro, tu le sais. Mais cet amour m'oblige à me questionner sur le futur plus que n'importe laquelle des relations que j'ai eues. Et je ne suis pas certain d'être prêt à répondre.

— Alors tu veux qu'on se quitte, dis-je en retenant les sanglots qui ne sauraient tarder à gicler.

— Je n'ai pas dit ça. Je crois seulement que ce serait bien qu'on prenne un peu de temps chacun de notre côté. Histoire de voir comment on se sent et où on se situe.

— Ah oui! Le fameux *break*! Un classique… Tu sais très bien qu'en général ça sonne le début de la fin. Dis-le donc franchement, que tu veux mettre un point final à notre relation et arrête de me niaiser, OK?

Je suis loin de chuchoter maintenant…

— Mais non, Caro, plaide-t-il. Je n'ai pas du tout envie qu'on se sépare. J'ai juste besoin de temps. Et toi aussi, il me semble. De toute façon, tu es débordée par le procès qui s'en vient. Ça ne te fera pas de tort d'avoir plus de temps à toi, non?

— Ne me dis pas ce qui me fera du bien ou pas! Tu n'en as aucune idée, pauvre mec!

Je lui raccroche au nez sans plus de façon, hors de moi. Surtout, j'ai tellement mal en dedans que je me précipite à la salle de bain, convaincue que je vais vomir. Je m'accroupis au-dessus du bol de toilette. On frappe discrètement à la porte.

— Caro, ça va, ma chouette? dit Eugénie. T'es malade?

— Sais pas. Ça tourne un peu. Je pense que l'omelette ne passe pas, dis-je piteusement.

— T'as besoin de quelque chose? Tu veux que j'entre?

— Merci, mais je préfère rester seule. Tu n'as pas à te taper ça.

— Oh, tu sais, pour toutes les fois où c'est toi qui m'as tenu la main pendant que je gerbais…

Elle réussit à me faire sourire un brin. La nausée fait peu à peu place à la colère. Je lève la tête et j'aperçois l'affiche d'une pièce de théâtre que j'ai déjà vue et qui est de nouveau à l'affiche : *Savage Love*. On ne peut tomber plus à propos. Je sors de mon refuge temporaire.

— Ça va aller, je pense, dis-je à Génie, qui se tient plantée là avec l'air de quelqu'un qui a une petite envie d'être ailleurs.

Elle regarde discrètement sa montre.

— Vas-y, Eugénie, tu vas être en retard et moi aussi, d'ailleurs. Désolée d'avoir terminé notre petit-déjeuner d'aussi triste façon.

— Mais non voyons ! Ce qui se passe là est pas mal plus important que le divorce de trucmuche et Miss Météo…

— Je déteste être pathétique si tôt le matin.

— Tu sais qu'avec moi tu peux sombrer à l'heure que tu veux ma grande, me dit-elle en me faisant un câlin bien senti.

— Merci, Génie. Je t'adore, tu sais, lui dis-je en lui faisant la bise.

Nous nous séparons à la sortie, chacune prenant son chemin vers une autre longue journée le nez enfoui dans la paperasse légale. Au moins, je n'aurai pas trop le temps de m'apitoyer sur mon sort.

7

—Caroline, peux-tu venir à mon bureau, s'il te plaît?

Bon, il ne manquait plus qu'une petite rencontre sympa-thique avec Me Latulippe pour me donner sérieusement envie de me flinguer. Dire que je suis à fleur de peau relèverait de l'euphémisme. Une semaine depuis la conversation fatidi-que avec Daniel et toujours aucune nouvelle. Je fonctionne comme une automate. J'arrive au bureau aux aurores et pars tard le soir. J'abats le boulot comme une condamnée aux travaux forcés, avale café par-dessus café pour ensuite rentrer chez moi complètement nase. Là, je bouffe un truc vite fait, m'enfile un verre de scotch ou deux et tombe dans mon lit à peine déshabillée. Très sain comme mode de vie. Parfois, en montant péniblement la flopée de marches qui mènent à mon studio, un espoir s'immisce dans ma tête trop pleine. Peut-être sera-t-il là à m'attendre? Après tout, il ne m'a pas rendu ma clé…

J'ai l'impression de me taper un parcours sans fin dans les montagnes russes. Je passe de la colère au désespoir en une fraction de seconde. Je lui en veux terriblement. Je m'en veux encore plus. Dans cet état, inutile de dire à quel point les décisions s'avèrent parfois douteuses. La preuve : j'ai accepté de rencontrer Pinchou Dutil ce soir. Valérie m'a convaincue que ça me changerait les idées. Je regrette déjà. Elle et moi avons rendez-vous après le travail. Lorsqu'il se pointera, l'air faussement innocent, je devrai faire semblant de ne me douter de rien. Un vrai scénario de comédie romantique poche. Meg Ryan, sors de ce corps !

Je me dirige vers l'antre de la tigresse en me demandant ce que j'ai bien pu faire, encore une fois, pour qu'elle me convoque. Ce n'est sûrement pas le nombre insuffisant d'heures facturées aux clients. Je suis une véritable machine à faire de l'argent. Je facture plus vite que mon ombre. J'ai bien appris ma leçon. Je cogne à sa porte.

—Entre, Caroline, dit-elle de l'autre côté.

Il me semble que sa voix est un peu moins froide qu'à l'habitude.

—Vous voulez me voir, dis-je en faisant un seul pas vers son bureau.

—Oui, assieds-toi, fait-elle avec un sourire.

Wow ! Je crois que je n'avais jamais vu ses dents auparavant !

—Comment vas-tu, Caroline ?

—Euh… Bien, merci, dis-je, un peu perplexe.

—J'ai vu que tu mets beaucoup d'énergie dans la préparation du procès de Me Vautour. Bravo ! Ça te plaît comme dossier ?

—Oui… C'est un dossier relativement complexe qui demande beaucoup de recherche en matière de jurisprudence. J'aime ça.

—Et comment ça se passe avec Me Vautour ?

Je suis de plus en plus décontenancée, elle semble sincèrement intéressée à ce que j'ai à dire. Pourtant, je sens qu'il y a quelque chose derrière ses questions apparemment innocentes, mais je n'arrive pas à mettre le doigt sur ce que c'est.

—Ça se passe bien, pas de problème. Il me laisse beaucoup de liberté et je pense qu'il commence à avoir confiance en mes capacités, dis-je un peu réservée.

—Il m'a dit qu'il était extrêmement satisfait de ton rendement. Il te trouve « brillante et allumée », je le cite, continue-t-elle avec ce sourire persistant.

—Contente de l'apprendre. Je fais de mon mieux.

J'essaie de comprendre où elle veut en venir. Se sent-elle obligée de faire la fine en raison de l'appréciation de Vautour à mon égard? Je la croyais plus indépendante d'esprit que ça. Non, il y a sûrement autre chose. Mais quoi, bon sang?

— Ça ne te pose pas problème de partir en procès une semaine entière en sa compagnie à La Malbaie? lâche-t-elle rapidement.

— Non, pourquoi? Est-ce que ça devrait?

— Bien sûr que non, je voulais juste m'assurer que tu étais bien à l'aise.

— Mais à l'aise avec quoi au juste? C'est commun, non, de partir en procès à l'extérieur avec un collègue? dis-je étonnée.

— Oui, en effet, poursuit-elle, maintenant nettement moins souriante.

— Dois-je m'inquiéter quant à ce séjour à l'extérieur?

Elle se lève et se dirige vers la fenêtre. Elle semble perdue dans ses pensées, fixant vaguement la terrasse fleurie de l'édifice voisin. Je ne sais plus trop où me mettre. Va-t-elle me répondre? Dois-je me lever moi aussi et quitter la pièce? Je reste vissée sur ma chaise en attendant qu'elle sorte de cette espèce de torpeur qui semble l'avoir envahie soudainement.

Après un moment, elle se tourne vers moi. Son visage est grave, mais pour la première fois, je lui trouve un certain charme. Comme si un souffle de vulnérabilité était venu adoucir ses traits et révéler une forme de beauté cachée par la sévérité habituelle. Étonnant.

— Maître Latulippe?

— S'il te plaît, appelle-moi Christine, dit-elle d'une voix qui m'est totalement inconnue.

Douce. Quasi timide. Où est passée la louve intransigeante qui me fait longer les murs des couloirs? La femme qui se tient devant moi ressemble plutôt au doux agneau qui va bientôt passer par le fil du coutelas acéré d'un quelconque ritualiste.

— Christine, qu'est-ce qui se passe? Y a-t-il des choses que je devrais savoir?

Elle se mordille nerveusement la lèvre inférieure tout en me regardant. Elle semble hésiter, soupesant le pour et le contre d'énoncer à voix haute ce qui la tracasse.

—Caroline, je préférerais que tu n'ailles pas à La Malbaie avec Me Vautour, dit-elle brusquement.

—Quoi?

Je suis sidérée.

—Il serait préférable que tu t'abstiennes de partir une semaine avec lui, poursuit-elle.

—OK, Christine. Arrêtez de tourner autour du pot et dites-moi ce que vous pensez.

Je commence sérieusement à m'énerver. Je déteste quand les gens prennent mille détours pour exprimer le fond de leur pensée. Allez, crache le morceau.

—D'accord. Je crois que Me Vautour te fera probablement des avances, durant la semaine, et que ça te placera dans une situation inconfortable. J'aimerais t'éviter cela, si possible. Voilà.

—Et qu'est-ce qui vous fait croire que ça se passera ainsi?

—Je suis passée par là, et il n'y a rien de bien agréable là-dedans. J'ai vu comment il t'observe, je connais ce regard, poursuit-elle.

Merde. Pas lui aussi. Pas deux associés à mes trousses. Cauchemar. Tant qu'à être dans les confidences, je me demande si je ne devrais pas lui faire part de mes mésaventures avec Me Tremblay. Peut-être pourrait-elle me conseiller? Je n'aurais jamais cru que je me tournerais un jour vers elle, mais il n'y a que les idiots qui ne reviennent jamais sur leur opinion.

—J'apprécie que vous m'avertissiez, mais je ne vois pas très bien comment je pourrais me défiler. Toute la préparation du procès repose sur mes épaules. Il sera complètement perdu dans la paperasse si je ne suis pas à ses côtés, dis-je en soupirant.

—Je sais. Mais je me devais de te brosser un portrait de ce qui t'attend. Je n'ai aucun doute que tu sauras te défendre, mais je sais également à quel point il peut s'avérer charmant…

—Vous êtes sérieuse? Me Vautour? dis-je, l'air incrédule.

—En tout cas moi, j'avais craqué…, répond-elle en baissant les yeux.

Tiens, tiens, ça devient vachement intéressant comme conversation. Me Latulippe et Me Vautour faisant *woopy woopy*? Je sens un fou rire monter en moi. Je dois absolument me retenir. Je ne veux surtout pas que ma nouvelle alliée pense que je me fous de sa gueule. Elle semble drôlement sérieuse. Intense même.

— *Wow*. Je ne sais pas trop quoi vous dire, Christine. Vous vous êtes sentie obligée?

— Pas vraiment. Il me plaisait. Un soir, après une longue journée au palais de justice, nous sommes allés souper dans un chouette resto italien. Le vin était bon et coulait à flots. Il était drôle, détendu. En marchant vers l'hôtel, en fin de soirée, il a pris ma main. Je l'ai suivi jusque dans sa chambre. J'étais stagiaire moi aussi à l'époque. Je suis tombée amoureuse de lui, tout en sachant qu'il était marié depuis des années et qu'il adorait sa femme.

Elle devient soudainement intarissable, comme si ce secret était trop longtemps resté enfoui sous un couvercle bien scellé. Elle en a les larmes aux yeux.

— Votre histoire a duré combien de temps, Christine?

— Environ six mois. J'étais devenue accro, et il s'en était rendu compte. Un matin, il m'a convoquée dans son bureau et m'a signifié qu'il mettait un terme à notre aventure. Comme ça, tout simplement. Il fermait le dossier. Je venais d'être assermentée, et il m'a offert un poste au cabinet à condition que je ne parle jamais de cette histoire à qui que ce soit, et surtout que jamais je ne le relance. J'ai accepté. Je ne savais pas quoi faire d'autre. Nous n'avons plus abordé le sujet par la suite.

Elle semble détruite, brisée. Je n'aurais jamais imagé que cette femme, si forte en apparence, puisse être si vulnérable.

— Je suis désolée, dis-je un peu maladroitement. Est-ce que vous avez eu des problèmes du genre avec d'autres avocats du bureau?

— J'imagine que tu fais référence à Me Tremblay? dit-elle avec un début de sourire.

— Oui. Il me colle aux fesses comme c'est pas possible.

— Tout le monde est au courant, Caroline. Il ne s'en cache pas, d'ailleurs. Personnellement, j'ai eu droit au traditionnel souper à mon arrivée, mais il n'a rien tenté. J'imagine que je ne suis pas son type.

— Quoi? Tout le monde est au courant? Mais il est débile, ce mec!

— Non. C'est seulement qu'il se croit au-dessus de tout. Il ne craint rien ni personne. Il sait très bien qu'aucun d'entre nous n'oserait le remettre à sa place, encore moins le dénoncer. Alors il a le champ libre.

— Je ne sais plus quoi faire ni quoi dire pour stopper ses ardeurs. Il me téléphone à toute heure du jour, il m'offre mille et un trucs pas possibles et fait la sourde oreille à mes protestations.

— Il pense peut-être t'avoir à l'usure, dit-elle en riant franchement.

— Ce n'est pas drôle! J'en fais des cauchemars, je vous jure, lancé-je en m'esclaffant à mon tour.

Il y a quelque chose qui est à la fois drôle et pathétique dans cette conversation entre deux femmes brillantes voulant faire leur chemin dans la vie et qui, sur leur route, croisent ce type d'hommes qui se croient tout permis, vu leur position. Abject! Cela ne peut qu'inspirer une forme de solidarité que j'aurais crue impossible entre elle et moi. Elle m'a fait confiance. Je présume que ça ne lui arrive pas souvent d'ouvrir son âme à autrui. Je lui suis infiniment reconnaissante de m'avoir mise en garde. Je fais donc ce qui me semble le plus approprié... et le plus typiquement moi.

— On devrait aller prendre un verre ensemble, un de ces quatre. Qu'en dites-vous?

— J'aimerais bien, oui. Fais-moi signe à ton retour de La Malbaie. Et fais attention à toi, Caroline.

Je quitte son bureau avec l'impression, moi aussi, d'avoir un poids de moins sur les épaules. Ça ne règle strictement rien à mes problèmes avec le troll, ni à ceux qui pourraient surgir à la suite de ce séjour dans Charlevoix, mais au moins, je me sens moins seule dans cette galère.

8

J'ai opté pour une robe noire et blanche attachée au cou, dos dénudé, à la Marilyn. Mes cheveux sont retenus par un simple bandeau et mon maquillage donne dans le genre naturel étudié. À en juger par le regard de certains hommes, alors que je me dirigeais vers la terrasse du Bilbo, pour une fois, j'ai misé juste.

— *Oh my God !* Tu as décidé de jouer le grand jeu, ma belle ! s'est écriée Valérie en me voyant arriver. Je ne savais pas que Dutil t'inspirait autant, poursuit-elle avec un clin d'œil entendu.

— Ce n'est pas ça. J'ai besoin de me remonter le moral, et il n'y a rien comme un flirt sans conséquences pour y arriver.

— Il va craquer, c'est certain. Il était énervé comme une puce lorsque j'ai quitté le bureau tout à l'heure.

— J'espère qu'il ne se fait pas d'illusions. Tu lui as mentionné que j'étais en pause amoureuse, non ?

— Oui, oui, je le lui ai dit. Mais je n'ai pas eu l'impression que ça ralentissait ses ardeurs.

— Et il se pointe à quelle heure au juste, notre Roméo ? Ai-je le temps de me mettre un brin pompette ?

— Va falloir que tu fasses vite, car je pense qu'il ne pourra pas patienter très longtemps avant de faire sa grande apparition.

— OK. Alors pichet de sangria au plus vite !

Le temps est on ne peut plus agréable. Chaud mais pas humide, avec juste assez de vent doux pour garder l'épiderme bien au sec.

Au fur et à mesure que le pichet de sangria se vide, je me sens de plus en plus calme, ouverte. Qui sait? Cette rencontre s'avérera peut-être le meilleur antidote à ma déprime? Mais alors même que je me fais cette réflexion, qui vois-je tourner le coin de la rue et se diriger vers nous? Il ne manquait plus que ça. Daniel, dans toute sa splendeur, accompagné d'une spectaculaire blonde qui doit bien mesurer huit pieds. Toute en jambes et en dents. Une vague de jalousie féroce doublée d'un puissant sentiment de panique m'envahit avec force. Qui est cette pouffiasse qui s'esclaffe à ce que MON mec est en train de lui raconter? Il ne nous a pas encore aperçues. Dois-je courir à l'intérieur pour qu'il ne me voie pas? Me lever et les affronter en pleine rue? Vomir ma sangria sur la table? Valérie est plus rapide que moi.

— Daniel! s'écrie-t-elle. Comment vas-tu, cher aspirant procureur? Tu nous présentes ton amie?

Il se tourne brusquement vers nous, l'air décontenancé, surpris. *Dis donc, mon salaud, elle t'absorbe pas à peu près ta géante...*

— Valérie! Caroline! Allô les filles, ça va? dit-il en me jetant un regard gêné.

— Salut Daniel, dis-je froidement, mon regard passant de lui à elle.

— Je vous présente Mireille, avec qui je travaille, au bureau du procureur. Elle est technicienne juridique et fait son stage en même temps que moi.

Grand sourire de deux millions de dents. Il ne m'avait jamais parlé d'elle.

— Bonjour, Caroline. Daniel m'a souvent parlé de toi, dit-elle en élargissant, si c'est possible, ce sourire qui donne à Julia Roberts l'air d'une édentée.

— Ah oui? dis-je innocemment. En bien, j'espère!

Quelle cloche je fais. «En bien, j'espère!» Peut-on avoir l'air plus cliché et tarte que cela?

— Bien sûr! fait-elle en se tournant vers Daniel avec un regard complice.

Je sens que je suis sur le point de me lever et de lui péter les dents une à une lorsque je vois Dutil se pointer derrière elle.

—Maître Dutil! Quelle bonne surprise, de vous croiser ici! lancé-je vraiment trop chaleureusement.

Il tourne sec au rouge vif. Daniel me regarde avec un immense point d'interrogation étampé dans le front.

—Madame Caroline! Et Valérie! Quelle belle surprise, en effet! Vous venez souvent ici?

Il a repris son teint normal et joue l'innocent à merveille. Je pouffe intérieurement.

—Voulez-vous vous joindre à nous pour un verre de sangria? dis-je avec mon sourire le plus charmeur. À moins que vous ayez rendez-vous autre part?

—C'est fort gentil. J'accepte avec plaisir.

Il prend place entre Val et moi, alors que Daniel étudie la scène avec étonnement. *Prend ça dans le nez, mon coco. Tu n'es pas le seul mec qui puisse me faire sourire, compris?*

—Bon ben, nous on va y aller, dit-il en regardant la pétasse blonde. On a rendez-vous au resto avec d'autres collègues du bureau. Bonne soirée les filles. Maître Dutil.

Je le regarde partir avec douleur. Je cale mon verre de sangria et fais signe au serveur d'apporter un autre pichet. Qu'est-ce que je disais tout à l'heure? Ah oui. Un flirt innocent comme remède au mal d'amour. Vas-y fort, ma belle!

***

Le téléphone sonne dans la bibliothèque alors que je viens à peine d'arriver.

—Oui?

—Caroline, il y a quelqu'un pour toi à la réception.

Je reconnais la voix suave de notre très chère réceptionniste dont la devise est *Je lime donc je suis.*

—Je lui ai demandé de t'attendre à l'extérieur du bureau…

—Pourquoi?

—C'est que, chuchota-t-elle, il s'agit d'un huissier…

—Un huissier? OK, j'arrive.

Zut. Qu'est-ce que peut me vouloir un huissier? Ce n'est quand même pas ma banque qui m'envoie un truc poche pour quelques chèques ayant rebondi? Je me dirige avec appréhension vers la réception où Miss Ongles Parfaits m'accueille avec un sourire gêné.

— Il est là, dit-elle avec un geste vers les ascenseurs. J'ai pensé que tu préférerais que personne ne vous voie.

— Merci.

J'ouvre la porte et tombe face à face avec un grand gaillard tout souriant qui me tend une enveloppe et me demande de signer un reçu, ce que je fais tout en jetant un œil à l'en-tête du pli en question. Rivard, Corneau et associés. Il s'agit du cabinet pour lequel Valérie bosse. Je regagne la bibliothèque, plus intriguée qu'inquiète. Une fois confortablement installée, j'ouvre l'enveloppe.

Très chère Caroline,
Par la présente vous êtes conviée à…
Danser le tango, aller au bingo, souper au resto, faire du parachute, du bungee, de l'escalade ou du deltaplane, valser toute la nuit, faire un tour au Casino, voir un film, assister à une pièce de théâtre, manger des sushis, faire du cheval, partir en safari, suivre des cours de poterie, descendre une rivière en rafting, en kayak ou en pédalo, pique-niquer au sommet d'une montagne ou dans une vallée, faire du karaoké, du surf ou du baladi, assister à une course automobile, à un opéra ou à un combat de lutte…
Ou toute autre activité qui vous plaira.
Un simple mot de votre part et j'exécute votre souhait.
Faites-moi signe.
Votre humble serviteur,
Louis Dutil, LLB.

Le moins qu'on puisse dire, c'est qu'il sait surprendre, ce Pinchou. Je suis assez flattée, j'en conviens. La soirée de la veille n'a rien eu de transcendant de mon côté, mais il me semblait bien que j'avais «scoré», comme on dit. Je devrais peut-être lui donner une seconde chance. Après tout, j'ai été on ne peut plus distraite une bonne partie du temps, trop obsédée par Daniel et sa chevaline compagne. Il me revient des bribes de conversation à propos de la dernière exposition au Musée du Québec, de la plus récente mise en scène «absolument géniale» de Robert Lepage et *tutti quanti*. Le bonhomme semble versé en culture, ce qui en soi n'est pas pour me déplaire.

Après mûre réflexion, j'opte pour le bingo…

***

Voir Me Louis Dutil, grand spécialiste du droit commercial international, attablé en face de moi dans une salle remplie de petites madames aux cheveux bleutés est un pur délice surréaliste. Je me délecte.

—Je me sers de cette sorte d'éponge rose pour étamper les numéros qui sont tirés, c'est ça? me demande-t-il, l'air un peu paniqué.

À l'entrée, j'avais choisi pour lui une bouteille d'encre rose fluo à l'effigie d'Elvis Presley. La grande classe quoi.

—C'est en plein ça! Vous avez tout saisi de l'essence même de ce jeu palpitant et ô combien fascinant qu'est le bingo, dis-je très sérieusement.

—Alors c'est pas bien compliqué… C'est juste que le jeune homme à l'avant donne les numéros un peu trop vite pour ma capacité à les repérer, répond-il l'air un peu honteux.

—Je vais jeter un œil sur vos cartes, j'ai l'habitude. Le bingo fait figure de sport national dans mon patelin d'origine, et j'y ai été initiée très jeune.

Là, je ris franchement. Je me paye un peu sa tête, mais ça semble plutôt lui plaire. J'imagine qu'à ses yeux vaut mieux ça que l'indifférence crasse. Je mets fin à son supplice après quelques tours. Il semble soulagé.

—Tu sais, je ne suis pas une fanatique du bingo, lui dis-je en optant pour le tutoiement. J'avais juste envie de tester ton sens de l'humour.

—Et j'ai passé le test?

—A+, avec mention spéciale pour la retenue et le contrôle, lorsque la dame en face de nous a perdu son dentier du haut en criant «Bingo!».

— En fait, j'étais plutôt horrifié... Que dirais-tu d'aller nous remettre de nos émotions devant un verre?

— Je veux bien. Où veux-tu aller?

— Château?

— Château comme dans Frontenac? dis-je un peu étonnée. Et pourquoi pas après tout? Du bingo au château, ma foi, il n'y a qu'un pas...

— Si ça te convient, bien entendu, répond-il avec son éternelle politesse.

Car pour être poli, Me Dutil l'est de manière, disons, à la limite de l'obséquiosité. Ça me tape un tantinet sur les nerfs. Je n'ai rien contre la galanterie et les bonnes manières, mais lui, il se situe quelques coches au-dessus de cela. Peut-être n'est-ce qu'en raison de la nervosité typique des premiers rendez-vous. Il va sûrement se décoincer, non?

— Va pour le château.

Nous prenons place dans sa BMW noire grand confort, après qu'il m'eut ouvert la portière, bien sûr. Le *Concerto pour piano n° 3* de Rachmaninov joue en trame de fond, la nuit est étoilée à souhait et nous roulons doucement vers l'un des plus beaux sites de la ville. *Je pourrais m'habituer à cela,* me dis-je sans grande conviction. Je me sens au point mort. Ni bien ni mal. Juste *là*. J'observe discrètement son profil, alors qu'il se concentre sur la route. Plutôt beau. Propre. Très propre même. Ses mains manucurées semblent d'une douceur peu masculine. Je le soupçonne de se faire épiler entre les sourcils. Il se dégage de l'ensemble de sa personne une impression de luxe et de soins extrêmes. Ça me rend mal à l'aise plus qu'autre chose. Et ça me donne une envie folle de le dépeigner. Les gens et les choses impeccables me stressent, car moi, j'ai toujours un fil qui dépasse, un épi qui résiste à tout *brushing* ou un bouton bien en relief.

Bien installée au bar-salon Le Saint-Laurent, après avoir dégusté un Winston Churchill, un F.D. Roosevelt et un Maurice Duplessis, trois martinis nommés ainsi en l'honneur des invités les plus illustres du château, je me sens un peu moins farouche. Pas de là à m'aventurer plus loin dans une intimité qui, pour l'instant, ne me dit rien, mais tout de même assez pour lui laisser caresser doucement le dessus de ma main.

—Je te trouve tellement belle, Caroline, soupire-t-il. Je ne croyais jamais avoir l'occasion de te le dire un jour.

—Oh… Merci.

Que dire d'autre? Je n'ai jamais été très bonne pour recevoir un compliment. Il s'agit d'un art que je ne maîtrise absolument pas, contrairement à Eugénie qui sait exactement quel ton prendre, quel mouvement de tête effectuer et quelle vitesse de battements de cils adopter afin de recevoir l'offrande de la plus adéquate et efficace façon. Une virtuose. Une naturelle. Et puis la moustache de Me Dutil a effleuré la mousse de son café aromatisé, et l'image qu'il projette à cet instant n'inspire chez moi qu'un début de fou rire.

—Est-ce que tu vois toujours Daniel Fraser, le stagiaire au bureau des procureurs? me lance-t-il, l'air faussement détaché.

—Je vois que tu t'es renseigné sur mon compte.

—Euh… J'ai tiré les vers du nez à Valérie, dit-il en baissant les yeux.

—Ça n'a pas dû être bien difficile, dis-je en riant.

—Non, en effet, fait-il, l'air soulagé de constater que je ne lui tiens pas rigueur de son indiscrétion.

—Si tu tiens à le savoir, non, je ne vois plus Daniel pour l'instant. Nous sommes en pause.

—Oh! *The famous break*…

—Ouais…

—J'imagine que l'initiative n'est pas venue de toi? dit-il doucement.

—Ça paraît tant que ça?

—Un peu, oui…

—Bof, tu sais, ce n'est peut-être pas une mauvaise chose après tout.

Mais qu'est-ce qui m'arrive tout à coup? Je viens de passer en vitesse *cruising* et ça ne me déplaît pas. Pourquoi ne pas profiter de l'instant? Après tout, je ne dois rien à personne, n'est-ce pas? *We were on a break,* comme le répétait frénétiquement

Ross à Rachel, dans le sitcom *Friends,* lorsqu'il voulait justifier son escapade avec une autre demoiselle. Je vais donc de me laisser conter fleurette.

Lorsqu'il me raccompagne chez moi, il ne fait aucune allusion à la suite. Il n'insiste pas pour monter prendre un dernier verre. Il n'arrête pas le moteur avec le regard satisfait du mec qui s'attend au moins à un bon gros *french* bien mouillé, avec peut-être en prime un petit pelotage de base. Rien de tout cela. Il prend ma main, la baise et me dit qu'il a passé une soirée charmante. Je suis quelque peu décontenancée, mais néanmoins charmée. Louis Dutil est-il un fin stratège qui a compris que la charge avant genre taureau ne marcherait pas avec moi? Il m'intrigue. La suite risque de s'avérer intéressante.

***

La nuit a été agitée. Peuplée de cauchemars. Poche à mourir. Je me suis réveillée des dizaines de fois, le souffle court, trempée de sueur comme si je venais de me faire poursuivre par je ne sais trop quel démon. J'ai l'impression confuse que Daniel faisait partie de ces rêves, mais je n'arrive pas à me rappeler le moindre détail. Je ne vais tout de même pas à souffrir de culpabilité pour cette petite soirée innocente! *Fuck. Fuck* et re-*fuck.* Après tout, c'est lui la bibitte à problèmes, pas moi. Je l'aime toujours, bien sûr, mais cette pause non désirée commence à jeter un éclairage nouveau sur cette relation. Une fois le nez décollé de la vitrine, on perçoit mieux les détails. Qu'est-ce que j'attendais au juste de cette histoire d'amour? Un engagement à long terme? Des épousailles en bonne et due forme avec marmots et clôture blanche à la clé? Pas certaine. Plus je tente d'analyser les racines de mon désir, plus je suis confuse. L'amour n'est pas une fin en soi. Le bonheur, oui. Mais est-ce que mon bonheur passe nécessairement par l'osmose avec Daniel? Ai-je réagi aussi fortement avec lui en raison d'un manque de communication au sujet d'un avenir qui me tient réellement à cœur, ou tout simplement par orgueil et insécurité? Mon angoisse quant à l'ambivalence de sa sexualité avait-elle pour fondement une appréhension légitime ou une jalousie bien verte?

Le téléphone me réveille d'un demi-sommeil difficilement retrouvé. Je regarde le réveil, qui projette l'heure sur le plafond de crépi blanc de mon studio: huit heures vingt. Qui peut bien m'appeler à cette heure? Sûrement pas Val. Ni Génie. Nous partageons toutes, à divers degrés, un saint respect des matinées de week-end. Sauf urgence nationale, interdiction de communiquer avant onze heures. *S'il vous plaît, pas Me Tremblay!* Je ne me sens vraiment pas d'attaque pour subir ses avances de si bon matin.

—Allô, dis-je d'une voix ébréchée.

—Bonjour Caroline! Est-ce que je te réveille?

Je reconnais avec étonnement la voix d'un Me Dutil tout guilleret à l'autre bout de fil. *What the f...*

—Ben oui...

—Désolé. Je serai devant chez toi dans dix minutes précises. Peux-tu descendre me rejoindre? Je te demande cinq minutes de ton temps, c'est tout. Tu remonteras dormir après! conclut-il en riant.

—Euh... D'accord, fais-je en raccrochant.

Je me lève péniblement. J'ai l'impression d'avoir cent dix ans. Je jette un œil à mon reflet dans la glace. Ouf! Pas facile... J'enfile un short en jean et un vieux t-shirt arborant l'emblème défraîchi de mon *alma mater*. J'attache mes cheveux qui, décidément, ont leur tempérament propre et une vie autonome défiant ma volonté. Je grogne intérieurement à l'idée de m'être fait tirer du lit pour un caprice de cinq minutes. Pour qui se prend-il? J'aurais dû lui dire de passer *Go* et de refaire un tour... Mais la surprise et, je l'avoue, un brin de curiosité l'ont emporté. Je prends tout de même la peine de me brosser les dents.

À huit heures et demie pile, je sors de l'immeuble classé qui abrite mon refuge. La BMW est garée, mais je ne peux voir à l'intérieur en raison des vitres teintées. Je m'approche. La portière côté passager s'ouvre. Je ne sais pas pourquoi, mais j'hésite un instant avant de m'engouffrer à l'intérieur. Sans dire un mot, il me tend une rose rouge et prend ma main dans la sienne. Il ouvre un livre dont j'aperçois le titre : *Fou d'Elsa,* de Louis Aragon. Puis, d'une belle voix grave, il lit.

Donne-moi tes mains pour l'inquiétude
Donne-moi tes mains dont j'ai tant rêvé
Dont j'ai tant rêvé dans ma solitude
Donne-moi tes mains que je sois sauvé.

Mais que se passe-t-il ? me dis-je. Non ! Arrête ! C'est trop rapide… Il fait trop chaud dans la voiture. Je manque d'air. Je veux sortir.

Donne-moi tes mains que mon cœur s'y forme
S'y taise le monde au moins un moment
Donne-moi tes mains que mon âme y dorme
Que mon âme y dorme éternellement.

Il se tait, referme le livre, embrasse mes mains, descend et fait le tour de la voiture, ouvre la portière et m'aide à sortir. Il me laisse plantée sur le trottoir, rose à la main, yeux écarquillés et bouche bée. Une furieuse envie de pleurer m'envahit. Ce poème, que je ne connaissais pas, m'a littéralement bouleversée par la beauté et la folie du sentiment amoureux qu'il révèle. La part de moi qui aspire à l'absolu vibre à l'unisson avec ces mots issus de la plume d'un homme transfiguré par l'amour. La mise en scène était parfaite. Le choix du poème, la rose, l'effet de surprise, le départ en silence. Absolument parfaite. Le hic, le seul, c'est que l'émoi qui m'habite a bien peu à voir avec Louis Dutil. Au moment où il a entamé sa lecture, j'avais déjà compris que jamais je ne serai amoureuse de cet homme. J'aurais été à la limite du fou rire n'eût été la beauté intrinsèque du poème. Il y a de ces certitudes incontournables que l'on ne remet pas en question. L'impossibilité d'une relation avec cet homme en fait partie. Ma mère me dirait sûrement : « Caroline Grenier, pourquoi est-ce que tu repousses les bons garçons et que tu choisis les cas problèmes ? » Excellente question, chère maman, à laquelle je n'ai point trouvé de réponse. Tout cela me rend infiniment triste.

Je n'ai plus envie de me recoucher. Je me rends chez Temporel, au bout de la rue, afin de m'enfiler quelques cafés au lait en patientant jusqu'à onze heures, alors que je pourrai appeler Valérie pour lui faire part de la déconfiture de son *matchmaking*.

9

J'avais programmé mon réveille-matin pour qu'il sonne à quatre heures trente. L'horreur. Il fait noir. Il pleut. Je n'ai qu'une envie : rester blottie sous ma doudou et oublier que Me Vautour passe me prendre à six heures et, allez hop !, en route pour une semaine de procès à La Malbaie. Hier, j'ai lâchement laissé un message dans la boîte vocale de Louis, à son bureau. Laconique. Du genre : « Merci pour le poème et la rose, je m'absente une semaine, bye. » Puis j'ai erré toute la journée, retardant le moment de faire ma valise, de me laver les cheveux, de manger. J'espérais un appel de Daniel. Il sait que je pars aujourd'hui pour le procès. A-t-il oublié que nous devons assister aux noces de son collègue Serge-le-visqueux à mon retour ? On se faisait une fête d'y aller. Bon vin, bonne bouffe et rigolade assurée. Pour l'occasion, nous étions même allés jusqu'à nous faire un Holt Renfrew *no limit*. J'avais opté pour une adorable robe cocktail griffée de couleur orange brûlé. Daniel disait qu'elle me donnait l'air d'une déesse aztèque. Il me l'avait offerte, de même que les vertigineux escarpins assortis. Quelques bracelets couleur or et de longs pendants d'oreilles complètent le tout. L'ensemble attend sagement dans ma penderie.

Je dois mettre tout cela de côté pour l'instant. *Basta*, nostalgie et apitoiement ! Place à la justice avec un grand J ! Le problème, c'est que je ne me crois plus là-dedans non plus. Tout fout le camp. Je perds pied. Pourtant, j'ai bossé comme une dingue pour préparer ce procès. Je suis prête. Impossible de l'être plus que cela. Me Vautour n'a qu'à me faire un discret signe de tête et je peux fournir n'importe lequel document. Je les ai tous répertoriés, classés, reclassés, numérotés, rerépertoriés… Fascinant, la quantité de paperasse investie dans une procédure judiciaire. Dans le cas qui nous occupe, une mini-forêt entière. Il faut dire que Me Vautour a la copie susceptible : pas question qu'une petite tache ou un infime trait soit visible dans le recueil de pièces produites. Ce qui veut dire qu'après avoir trouvé le texte pertinent, Bibi photocopie la chose. Mais comme il y a un rebord noir, je découpe-au-ciseau-genre-maternelle ledit texte, le colle sur une belle feuille blanche toute de vierge vêtue, et rephotocopie le tout pour en arriver à l'impeccable blancheur surfaite de cette page, qui ira rejoindre ses consœurs dans le foutu document boudiné qu'il faudra bien entendu reproduire en nombre suffisant pour satisfaire la partie adverse, le juge qui préside le procès et *tutti quanti*. Le festival du déboisement sauvage, version quotidienne de n'importe lequel des cabinets d'avocats.

J'ai donc produit de magnifiques opus à la gloire de notre client, la plus qu'honorable banque de mes deux. J'ai dégoté tous les arguments pouvant plaider en faveur de notre très généreuse cliente, à savoir qu'il est tout à fait normal de placer un débiteur en faillite – en l'occurrence un dirigeant d'une PME familiale – pour défaut de paiement d'un prêt consenti à des conditions dignes d'un Shylock de bas étage. J'ai été d'une redoutable efficacité. Digne d'une vraie avocate aux dents bien aiguisées. J'ai creusé le sujet jusqu'à en faire des cauchemars peuplés de recueils de jurisprudence géants, de photocopieurs mangeurs de jeunes stagiaires et de trombones surdimensionnés qui tentaient de me coincer. Pourtant, je me sens comme une traître finie. Car plus je maîtrise le sujet, plus je sens que je cloue la partie adverse au pilori. Je devrais ressentir une excitation quelconque à l'idée de la victoire annoncée. Pourtant, il n'y a rien qui vient. Libido juridique à zéro. J'éprouve une sorte de répulsion à l'idée que le petit monsieur de l'autre côté n'a pas toutes les informations dans son dossier. En cours de route, j'ai découvert quelques mémos internes qui, s'ils venaient à tomber entre les mains de la partie adverse, changeraient la donne de manière spectaculaire. Sur l'un des mémos, le gérant de la succursale confirme au directeur régional qu'il a bel et bien consenti un délai de paiement de solde dû à Gilles Rancourt, le petit monsieur en question. Mais bien entendu, cela s'est fait sur la gueule, comme on dit. Il fut un temps où les choses fonctionnaient ainsi, particulièrement dans les petites villes, là où tout le monde se connaît et où le gérant de la banque du coin a un petit quelque chose du beau-frère qu'on adore détester. Familier, parfois emmerdant, mais toujours accessible. Une espèce en voie de disparition, semble-t-il. Désormais, la ligne d'accès n'a plus rien de direct et, à moins de posséder un compte hyper bien garni, nous ne sommes que des numéros de folio qui paient des frais mensuels ridiculement exorbitants. Personnellement, je suis la championne toutes catégories des frais de découvert et d'effets retournés. Ce n'est pas de la mauvaise foi, c'est juste de l'inconscience et une absence totale de discipline. J'oublie de consigner les transactions que j'effectue et les chèques que j'émets. Résultat, je paye régulièrement des frais de quarante dollars pour un chèque de trente-cinq dollars, par exemple. Si ce n'est pas de l'arnaque, je ne sais pas comment appeler ça. Personne ne me fera croire que ça se justifie. Un jour, je me dompterai peut-être et arrêterai de payer en frais de services l'équivalent du party de Noël des employés de la banque.

Toujours est-il que M. Rancourt avait obtenu un délai pour rembourser les retards sur son prêt. Les affaires roulaient au ralenti, cette année-là, mais il était confiant que les choses se replaceraient en quelques mois. Son gérant lui avait dit un truc qui devait ressembler à : « T'en fais pas, mon Gilles, on va s'arranger. Quitte à ce que tu ne paies juste les intérêts pour un temps. Pis à part ça, comment vont Janine et les enfants ? » Alors, Ti-Gilles a cru Roland le gérant et a dit à Janine : « Ça va être correct, ma belle brune. Roland, y é ben correct. Arrête de t'inquiéter, pis viens me rejoindre dans le lit, ma chanceuse ! »

Mais Roland le gérant avait un patron qui lui, ne connaissait pas Gilles et n'en avait rien à foutre, bien sincèrement. Le paiement du prêt était en retard, c'est tout ce qu'il voyait. Ça et la clause disant que la banque était en droit d'exiger le paiement total en cas de retard de plus de deux versements et que, à défaut de respecter cette clause dans un délai de dix jours, elle se réservait le droit de liquider l'ensemble du commerce du débiteur. Gilles a donc reçu l'avis en question et a tout de suite appelé Roland le gérant. « Tiens, sa ligne directe ne fonctionne plus », se dit-il en tombant plutôt sur sa secrétaire. « M. Méthot est en vacances pour les prochaines semaines, désirez-vous laisser un message ? » Gilles n'a pas laissé de message. Il venait de comprendre, et Janine allait devoir renoncer à agrandir son salon de coiffure.

***

Vous me direz qu'il y a pire chose, dans la vie, que de séjourner au Manoir Richelieu. J'en conviens. La chambre que j'occupe est spacieuse, douillette ; le genre d'endroit où l'on rêve de se retrouver avec l'être aimé afin de batifoler tendrement sous les draps. J'ai posé mes bagages, étalé mes pots de crème sur le comptoir de la salle de bain de marbre vert et je n'ai eu qu'une envie : m'enfuir en courant. Mais Me Vautour m'attend dans la salle de réunion réservée pour l'occasion. Première rencontre avec Roland le gérant, de retour à La Malbaie pour la première fois depuis son transfert à Québec.

Son petit visage rougeaud me déplaît : un regard fuyant, une bouche molle et des arcades sourcilières proéminentes. Il me fait un petit sourire gêné après m'avoir détaillée des pieds à la tête. « C'est vous, l'assistante de Me Vautour ? » me balance-t-il en guise de salutations. « Je suis stagiaire, pas secrétaire », que je lui réponds froidement en ayant l'impression de me répéter. Combien de fois ai-je eu à faire cette précision ? Je ne les compte plus. Ça devient lassant, à la longue.

— Mme Grenier est une de nos plus brillantes stagiaires et elle a fait un travail remarquable pour notre dossier, lance Me Vautour.

Ah bon. Première nouvelle. Mon maître de stage n'a jamais pipé mot à ce sujet. Du moins pas en ma présence.

— Bien content de l'apprendre, cher maître. Mais de toute façon, je pense que la cause est assez nette, n'est-ce pas? répond Roland le gérant.

— Tout est en ordre, et je n'ai aucun doute sur l'issue du procès, confirme Me Vautour avec son impayable rictus. Est-ce que le directeur régional, M. Beaudet, se joindra à nous, ce matin?

— Oui, oui, il devrait arriver d'une minute à l'autre.

— Parfait. Nous avons quelques points à préciser avec lui, n'est-ce pas, Caroline?

— En fait, il y a un aspect du dossier qu'il faut absolument clarifier, n'est-ce pas, maître Vautour?

— Vous parlez du mémo, Caroline?

— Oui. Vous savez que ce mémo vient contredire la majeure partie de l'argumentation de la banque…

— Je vous ai dit, l'autre jour, qu'elle ne faisait pas officiellement partie du dossier, me lance-t-il avec le regard un tantinet agacé du parent qui doit répéter la même consigne pour la centième fois à son bambin.

— Quel mémo? demande le gérant au regard d'éperlan surgelé.

Je tente de répondre: «Vous savez, la note que vous aviez prise à la suite de votre conversation avec M. Rancourt», mais…

— Caroline, je m'occupe de ça, m'intime Me Vautour.

— C'est que…

— Caroline, pouvez-vous aller voir si M. Beaudet est arrivé, s'il vous plaît? me coupe-t-il.

Message reçu. «Ta *yeule*. Discute pas du seul aspect faible de notre dossier, le client paie assez cher. Faut pas l'inquiéter.» Malgré sa volonté de minimiser l'importance de ce mémo à l'air innocent, je sais très bien que ce petit bout de papier a tout de l'épine dans le pied. En clair, si l'avocat de M. Rancourt en avait une copie, il pourrait faire la preuve de l'entente intervenue entre son client et la banque quant au délai consenti. Mais cette note n'est jamais sortie du dossier. C'est donc la parole de M. Rancourt contre celle de toute l'armada de la banque, Roland le gérant y compris. Ce dernier souffre malheureusement d'amnésie totale en ce qui a trait à tout ce dossier. Magiquement, ses vacances et son transfert lui ont fait l'effet d'un choc irréversible sur la caboche. Un délai pour le remboursement du prêt ? Non, jamais. Une conversation téléphonique avec M. Rancourt au sujet des difficultés du marché ? *Que nenni.*

Je descends à la réception, afin de récupérer le directeur régional. Il est là, assis droit comme une barre dans un fauteuil qui inviterait plutôt à la relaxation n'importe qui d'autre de moins coincé. On jurerait que le bonhomme a un manche à balai là où je pense.

—Monsieur Beaudet ? Caroline Grenier. Je travaille avec Me Vautour.

—Bonjour, mademoiselle. Où sont les autres ? répond-il en regardant par-dessus ma tête.

—À la suite Rochester. Je vous y conduis tout de suite.

Sympathique comme tout, monsieur le directeur régional. Une soie. Et cette manière de prononcer *ma-de-moi-selle* en détachant bien les syllabes. On sent le respect. Au moins, il ne m'a pas détaillée et soupesée du regard. Il me suit dans l'escalier, et je sens son regard posé partout sauf sur moi. Ça fait changement. Je me demande tout de même comment il fait pour marcher, avec ce truc qui semble l'empaler…

—C'est ici. Me Vautour et M. Méthot sont déjà arrivés, lui dis-je.

Sans plus de cérémonie, il me dépasse et entre dans la salle de réunion. *Jerk !* Je fais une grimace dans son dos. Je me sens particulièrement puérile. Lorsque je me retrouve dans un contexte où les gens se prennent vraiment au sérieux, je n'ai qu'une envie, déconner. Dire des grossièretés, faire des bruits de pets avec mes aisselles – pouette pouette pouette –, juste pour voir leurs tronches.

—Alors, comme je le disais, nous sommes prêts à procéder demain matin, dit Me Vautour. Le juge nous a convoqués, Me Gagné – l'avocat de la partie adverse – et moi, à huit heures trente, une demi-heure avant le début du procès. Est-ce que nous sommes toujours d'accord sur le fait que la banque ne fera aucune proposition de règlement ?

— Je ne vois pas pourquoi nous réglerions hors cour. Le débiteur n'a aucune cause. Le contrat de prêt était très clair, la banque avait tout à fait le droit d'exiger le remboursement intégral en cas de défaut de paiement, lâche le directeur.

Il a une façon de prononcer le mot *débiteur* qui me fait hérisser le poil. Un mélange de dédain et de cynisme. Comme s'il vomissait la chose et tout ce qu'elle représente. Pauvre con. S'il n'y avait pas de débiteurs, tu n'aurais pas de job, et ton employeur ne pourrait engranger des profits records d'année en année.

— Bien sûr, dis-je, alors qu'on ne m'avait clairement pas sonnée. Mais il y a tout de même cette entente verbale entre M. Méthot et M. Rancourt…

— Caroline, m'interrompit à nouveau Mᵉ Vautour. J'aimerais vous parler seul à seule un instant. Suivez-moi, s'il vous plaît.

Il m'entraîne dans le corridor et referme la porte derrière lui. Et merde… Je vais me faire sermonner solide. Qu'est-ce que j'y peux, moi, si le Roland s'est mis le pied dans la bouche en s'avançant hors des limites de son mandat ? On ne peut tout de même pas faire comme si cette conversation n'avait jamais eu lieu, non ? Nous sommes des avocats, pas des politiciens, après tout…

— Caroline, je croyais avoir été suffisamment clair au sujet de la supposée entente, dit-il à voix couverte.

Je sens la menace implicite.

— Maître Vautour, il ne s'agit pas d'une entente supposée. Il existe un mémo à ce sujet. On ne peut pas l'ignorer, ne serait-ce que pour s'assurer d'offrir une défense efficace. Comment pouvons-nous être certains à cent pour cent qu'il n'y a pas eu une fuite à l'interne ? Après tout, tout le monde se connaît, ici. Il y a peut-être un employé sympathique à la cause de M. Rancourt qui a pu réussir à mettre la patte sur cette note et à en faire une copie ?

En fait, je croyais peu à cette théorie ; elle relevait plus du souhait que d'une réelle possibilité.

— Si c'était le cas, la partie adverse l'aurait sortie de son chapeau pour forcer une offre de règlement, répond-il avec une implacable logique.

— Ben, peut-être qu'ils nous feront la surprise au procès, dis-je sans grande conviction.

— Je n'y crois pas deux minutes, OK ? Alors le sujet est clos. Je ne veux plus en entendre parler, et encore moins devant le client. Oublie ce mémo et contente-toi de continuer ton bon travail, ma belle.

Voilà qu'il me donne du « ma belle » maintenant. La semaine s'annonce longue et pénible. Je sais exactement ce dont j'ai besoin : un scotch bien tassé et un petit *hold'em poker* sympa à une table du casino. Et c'est exactement ce que je compte faire pendant les quelques heures que j'aurai devant moi après le souper. D'accord, le Casino de Charlevoix, ce n'est pas le Bellagio, mais il y a quelques tables de poker où l'on peut aller tenter sa chance. Le seul truc moche, c'est que ce sont des tables électroniques. Alors, pas de cartes, pas de jetons, pas de croupier. Chacun devant son petit écran d'ordinateur. Ça enlève beaucoup aux plaisirs du jeu, comme la manipulation des jetons, l'observation de la façon dont les joueurs poussent ou non lesdits jetons sur le tapis, par exemple. Et puisque l'attention se porte plus sur le petit écran que sur la table, les regards se croisent moins. On perd des indices de jeu. Mais bon, ça reste une partie de poker. Et je suis foldingue de ce jeu, que mon père m'a enseigné alors que j'étais encore gamine.

À l'époque, il s'agissait du poker traditionnel cinq cartes. La stratégie, la ruse, la patience, l'intuition et le bluff – et bien entendu un peu de chance – sont les éléments que doit maîtriser le joueur. On jouait parfois entre copains, au bac et à l'École du Barreau. Lors de nos parties, j'étais souvent la seule fille de la table, mais ça ne me déplaisait pas, au contraire. Les mecs ont tendance à sous-estimer les joueuses de poker, et cela s'avère souvent un avantage. Ça m'a déjà permis de détrousser quelques dignes représentants de la gent masculine. Je joue moins souvent, depuis le début du stage. Valérie et Eugénie n'ont aucun intérêt pour ce jeu, et Daniel déteste tout ce qui est *gambling*. Et moi qui fantasme sur le jour où je pourrai me qualifier pour un tournoi, à Vegas, et remporter mon premier bracelet de la WSOP[1]! Je ne raterai sûrement pas la chance que ce séjour à La Malbaie me donne de peaufiner ma technique et de, pourquoi pas, empocher quelques dollars ici et là.

—Tu es prête alors? entends-je tout à coup à travers le bruit des applaudissements de la foule en délire de la salle du Bellagio, où je m'imaginais grande gagnante de la finale du tournoi avec un brelan de valets.

—Euh… Oui, maître Vautour… Bien sûr, dis-je en sortant de ma bulle.

—Parfait! On y retourne, alors.

Je ne sais pas à quoi j'ai acquiescé, mais j'imagine qu'avec les centaines d'heures passées à préparer ce foutu dossier, je suis prête à tout. Les deux zoufs nous attendaient patiemment en sirotant leurs cafés en silence. Pas beaucoup d'atomes crochus entre ces deux-là, semble-t-il.

—OK, nous allons maintenant préparer vos témoignages respectifs, lance mon *boss* d'un ton tout guilleret.

À chacun ses plaisirs…

***

Malgré l'excellent scotch dégusté au bar de l'hôtel avant de monter à ma chambre, je n'arrive pas à m'endormir. J'ai renoncé au poker pour ce soir, puisqu'il n'y avait pas un chat aux tables de jeu. Le lit est douillet et je me suis enveloppée dans la couette duveteuse avec un soupir de satisfaction. L'oreiller épouse ma nuque parfaitement. Pourtant, mon cerveau refuse obstinément de se mettre au neutre. Ce n'est pas le procès en soi qui me trouble; je suis préparée à toute éventualité et jamais Me Vautour ne pourrait me prendre en défaut. J'appréhende la rencontre avec M. Rancourt, le client floué. Je crains de

---

1. *World Series of Poker.*

le trouver sympa, ce qui ajouterait à mon inconfort dans ce dossier. Et s'il me rappelait mon grand-père, un homme aux mille idées et talents, sauf un, le sens des affaires?

J'adorais mon grand-père maternel. Il était flamboyant, drôle, charmeur, et je lui vouais une admiration sans bornes. Et c'était bien réciproque. Je savais qu'il m'adorait et qu'il voyait en moi la digne émule de ses extravagances. Après tout, j'étais la seule à partager avec lui une passion démesurée pour les vieilles comédies musicales américaines, la danse à claquette et les paillettes. Lorsqu'il s'installait au piano, il se prenait pour Liberace. Je le trouvais extraordinaire et j'écoutais patiemment chaque fausse note qu'il distillait avec fougue pendant des heures, au grand dam du reste du clan. Je les trouvais belles, moi, ses fausses notes. Elles m'apaisaient, me berçaient. Elles n'étaient que pour moi. Du haut de mes dix ans, j'en étais convaincue.

Durant toute sa vie, mon papy avait innové. Il savait flairer les tendances. Il fut le premier du coin à ouvrir une salle de quilles, un cinéma, un magasin d'électronique. Chaque fois, il devançait le marché. Mais chaque fois, il se faisait avoir par des requins qui tablaient sur le fait que son talent de gestionnaire était inversement proportionnel à sa créativité. Alors papy faisait faillite. Et il recommençait de plus belle quelque temps après. Jusqu'à ce que sa santé lui joue un sale tour, en faisant exploser son cœur comme une grenade. Son cœur qui ne battait que pour sa femme, ses enfants et ses petits-enfants. J'ai toujours pensé que les requins le lui avaient brisé à force de promesses non tenues et de couteaux dans le dos. J'espère que M. Rancourt n'aura pas le doux regard de mon papy, ni son sourire un peu crasse. Tiens, peut-être que je réussirais à m'endormir si j'imaginais Fred Astaire et Ginger Rogers dansant devant un décor de carton-pâte?

10

Cinq heures et quart, le téléphone sonne.

Merde, j'ai l'impression que je viens à peine de m'endormir. Et je sais qui est au bout du fil. Me Tremblay voyage à travers l'Europe afin de dénicher de nouvelles collaborations outre-atlantique, et il s'est mis en tête de me parler tous les jours. Quelques jours avant de partir, il avait envoyé un messager chez moi. Le mec m'avait tendu une enveloppe, dans laquelle se trouvait un billet d'avion classe affaires pour Paris. Un petit mot l'accompagnait : « T'en fais pas, j'ai réservé deux chambres au Ritz, au cas où. Signé R. T. » Comme si le fait de faire chambre à part allait me décider à le suivre. J'ai beau lui répéter que jamais il ne m'aura dans son lit, il persiste et signe. Le mot « non » semble lui être totalement inconnu.

—Oui allô ?

—C'est moi. Tu dormais ?

—D'après toi… C'est l'aube ici. On n'est pas en Europe…

—T'es toute seule ?

—Mais c'est quoi, ton problème ? Je le sais que tu m'appelles aux petites heures pour savoir si ton associé est dans ma chambre. Non et non, OK ? On travaille, ici. On a une poursuite de 1,2 million sur le dos. Tu te souviens pourquoi on est ici, au moins ?

—Es-tu toute nue ?

—T'es vraiment chiant. Eh bien oui, je suis toute nue, et Me Vautour accompagné de l'avocat de la partie adverse et de notre témoin principal ont passé la nuit avec moi. On s'est envoyés en l'air comme des bêtes et je ne suis pas certaine qu'on va pouvoir reprendre le procès ce matin. Mais t'en fais pas, je vais demander une remise au juge, qui semblait lui aussi vouloir reluquer sous ma jupe. T'es content?

Je raccroche. Ce troll me tue. Rien à faire avec lui. Il est obsédé par mon cas depuis sa tentative de pelotage avortée. Il demeure convaincu que la seule chose qui m'avait retenue, c'était l'inconfort du rapport patron-employé. Non mais, il ne s'est jamais regardé tout nu dans un miroir le bonhomme? Rien pour inspirer l'amour ou le désir. Et en plus, il semble s'être mis en tête que tout ce qui porte pénis, au bureau, veut s'immiscer dans mon intimité. Alors cette petite semaine dans la bucolique région de Charlevoix a déchaîné son imagination perverse. Comme si tout ce qui arbore un pantalon va nécessairement se précipiter sur moi à la première occasion venue.

Toute cette histoire avec Me Tremblay fait rigoler Valérie au plus haut point. « Je ne comprends pas ce qui t'offusque à ce point. Si j'étais toi, pas sûre que je ferais autant de chichis », me répète-t-elle chaque fois que je lui narre la dernière conversation à sens unique que je me suis tapée avec l'énergumène. Il revient à la charge avec de nouvelles propositions toutes aussi extravagantes les unes que les autres : week-end sur Broadway, shopping hors des heures d'ouverture dans des boutiques *in*, aller-retour au Grand Prix de Monaco. Il ne manque ni d'imagination ni de moyens, il faut lui donner ça. Mais je n'ai pas envie d'être sa poule de luxe, moi. Même si Daniel ne faisait pas partie du décor, j'en serais incapable. Je ne pourrais pas me regarder dans le miroir. Et ce n'est pas que je juge celles qui acceptent ce type d'arrangement. Sincèrement. Mais je n'ai rien du personnage de Julia Roberts dans *Pretty Woman,* et Me Tremblay se situe aux antipodes de Richard Gere. Chaque fois qu'il me propose un truc, je me sens diminuée. Pourquoi diable a-t-il l'impression qu'il réussira à m'acheter, un jour ou l'autre? Est-ce que je lance des signaux pas nets? Il me semble qu'un « je ne veux rien savoir, fous-moi la paix » n'a rien d'ambigu, non? Je veux bien croire que je propulse sans le vouloir des nuages de phéromones traîtresses, il y a toujours bien des limites. Ce type est un champion mondial de l'acharnement.

S'il ne me mettait pas tant les nerfs en boule à force de m'appeler à toute heure du jour, je crois que je l'étudierais en tant que spécimen rare d'une espèce en voie – je l'espère – de disparition : l'*Homo extraerectus lippus degulus*. Mais cela se situe bien au-delà de mes forces. Il m'épuise. Il me déconcentre dans mon travail. Maintenant que je sais que d'autres personnes, au bureau, sont au courant de ce qui se passe, c'est encore pire. Chaque conversation interrompue, chaque regard me semblent suspects. Je deviens parano, et mon boulot va finir par s'en ressentir. Et dire que des générations de femmes se sont battues pour qu'on sorte de là ! Alors oui, je peux faire les mêmes études que n'importe quel gars. Je peux aussi envisager les mêmes choix de carrière que lui. Mais son cul, à lui, est-ce qu'on va le percevoir comme faisant partie de son CV au même titre que ce qu'il a dans le crâne ?

Ce qui me tape encore plus sur les nerfs que l'iniquité crasse qui caractérise les relations hommes-femmes dans le merveilleux monde du droit, c'est la mauvaise foi chronique dont font preuve certaines collègues du sexe féminin. « Différence de traitement, de salaire, de statut ? Non, vraiment, je ne vois pas de quoi vous parlez… Harcèlement sexuel en milieu de travail ? Ben voyons donc, ça ne se peut pas ! » Ce n'est pas demain la veille que les choses changeront, avec cette absence quasi totale de solidarité. Non, je n'ai pas envie de brûler mon soutien-gorge sur les marches du palais de justice. J'aimerais juste que le fait que j'en porte un ne définisse pas ce que je peux être, professionnellement parlant. Point.

***

Chose rare, le juge Bégin siège déjà lorsque nous arrivons à la salle. À la demande de Mᵉ Vautour, j'ai effectué une petite recherche à son sujet. J'ai bien aimé ce que j'ai trouvé. Des jugements bien formulés, un intérêt sincère à l'égard de ce que les parties avancent et un brin d'humour, semble-t-il. Peut-être sera-t-il en mesure de percer la défense de la banque? Ma défense. Celle que j'ai minutieusement bâtie de toutes pièces, et que maintenant j'espère de tout cœur voir voler en mille morceaux.

Nous prenons place, Me Vautour et moi, du côté droit de la salle. Derrière nous, les deux compères de la banque. L'avocat de la partie adverse, Me Gagné, est déjà installé. La porte de la salle s'ouvre, et je reconnais sans jamais l'avoir vu cet homme contre qui j'ai passé les derniers mois à me battre, intellectuellement. Il salue le juge, nous ignore, puis serre la main aux deux hommes déjà en place. Il ne ressemble pas à papy, mais il a tout du beau vieux qui s'est mis sur son trente-et-un. Je l'imagine devant sa glace, demandant à Janine quelle cravate il devait porter avec son plus bel habit, de couleur bleu nuit. Il a opté pour un motif Paisley qui n'est plus à la mode depuis des lunes, mais qui, sur cet homme fier, a la plus chic des allures. Il se tient droit comme un chêne. Son regard bleu clair se pose sur moi et je lui souris immédiatement. Il semble d'abord étonné, puis ses yeux me sourient. C'est tout ce qu'il peut me concéder et, étrangement, je lui en suis infiniment reconnaissante.

—Caroline, tu as bien tout le dossier? me demande Me Vautour, me sortant de ma zone de confort.

—Bien sûr, tout est là, dans les trois boîtes de documents, sous la table.

—As-tu éteint ton cellulaire?

Non mais, franchement, il me prend pour une conne ou quoi?

—Ma pile est à plat et j'ai oublié le chargeur au bureau alors…

Je commence à sortir les chemises bourrées à craquer et les dépose devant moi. Mon rôle est simple: je dois suivre tout ce que dit mon maître de stage et avoir toujours sous la main le document pertinent. S'il se tourne vers moi, cela veut dire que je dois lui tendre la chose sans dire un mot. Un troisième rôle muet. Cela me convient parfaitement. Je ne piperai pas une syllabe. À moins de feindre la folie momentanée et de me mettre à hurler : « Il existe un mémo ! Il existe un mémo ! » Je voudrais bien voir la tronche de mon *boss*…

À neuf heures pile, le greffier annonce que la cour siège. L'avocat de M. Rancourt s'avance afin de faire sa plaidoirie d'ouverture. Il doit avoir la fin trentaine, un peu bedonnant, le cheveu légèrement clairsemé, une bouille sympathique. Sa toge n'est pas d'une première jeunesse, élimée aux poignets et d'un noir qui a perdu de sa profondeur. Une belle assurance se dégage de sa personne. Tant mieux. Après avoir exposé les principaux arguments de la demande, Me Gagné appelle M. Rancourt comme premier témoin. L'homme se lève dignement et se dirige d'un pas ferme vers la barre des témoins. Après avoir prêté serment sur la Bible, il plante son regard dans celui de son avocat et lui fait un signe de tête. Le bal peut commencer. Je prends des notes, mécaniquement, afin que Me Vautour puisse le contre-interroger efficacement. Je me dédouble, comme j'ai l'habitude de le faire depuis l'enfance quand je me retrouve dans une situation déplaisante. Une partie de moi reste fonctionnelle, capable d'accomplir les tâches demandées comme un bon petit soldat. Le reste s'envole ailleurs en attendant que ce soit terminé. *Exit* côté jardin.

***

De retour à ma chambre, je fais le bilan de cette première journée de procès. L'avocat de M. Rancourt s'est avéré efficace, précis, bien préparé. Ce dernier a raconté son histoire avec toute l'honnêteté nécessaire. Le juge était attentif et a pris une quantité impressionnante de notes. Ça m'a plu. Me Vautour, égal à lui-même, a mené un contre-interrogatoire serré, mais selon moi, il n'a pas réussi à entacher la crédibilité du témoin. C'est toujours ça. Mais toute la bonne foi du monde ne saurait faire le poids contre un contrat signé en bonne et due forme. Je jongle avec ces pensées lorsque le téléphone de la chambre sonne.

— Caro ? Ça va ?

Je reconnais la voix de Daniel, douce et mal assurée.

—Daniel! Tu m'as trouvée! dis-je d'un souffle.

—Ben oui. Tu n'as tout de même pas disparu au fin fond de la jungle amazonienne... J'ai demandé ta chambre. Tu as fermé ton cellulaire?

—Pile à plat. Je suis contente d'entendre ta voix.

—Moi aussi. Tu me manques, Caro.

—Vrai? *Idem* ici.

—Comment se passe le procès?

—Mal. C'est-à-dire très bien pour nous..., dis-je d'un ton dépité.

—Mais tu as travaillé tellement fort, tu dois quand même retirer une petite satisfaction de cela, non?

—*Niet. Nada.* Je suis plus dégoûtée qu'autre chose.

—Désolé. C'est moche pour toi.

—Dis, tu m'appelles juste pour prendre des nouvelles du procès?

—Tu sais bien que non. Tu me manques, je te l'ai dit.

—Mais encore...

—J'aimerais qu'on se voie, à ton retour. Tu reviens vendredi soir, c'est bien ça?

—En principe. À moins que le procès soit écourté, mais j'en doute. La banque n'a absolument pas l'intention de faire une offre.

—Veux-tu que je t'attende chez toi? À moins que tu aies fait changer la serrure, dit-il dans une pauvre tentative d'humour.

—Non, mais j'ai acheté un pit-bull pour protéger ma vertu.

«Madame Grenier, il y a un appel entrant classé urgent, je dois interrompre la communication», me lance-t-on tout à coup.

—Quoi? Daniel, tu es toujours là?

—Caroline? C'est toi?

Exit Daniel, j'ai Louis Dutil à l'autre bout du fil! Mais qu'est-ce qui se passe? Où est Daniel, et qu'est-ce que c'est que cette histoire d'appel urgent?

—Louis? Mais… J'étais au téléphone avec Daniel et puis paf! Tu apparais dans le décor!? Je ne comprends plus rien, mais je crois que mon patron essaie de me joindre, car…

—Non, Caroline, c'est moi qui ai fait interrompre l'appel.

—PARDON?

—J'ai essayé de te joindre sur ton cellulaire toute la journée, sans succès.

—Il est éteint. Tu aurais pu laisser un message à ma chambre.

—Non, je voulais absolument te parler.

—Et tu t'es dit: «Pas de problème, je ne sais pas avec qui elle cause, mais je vais tout simplement faire couper l'appel»…

Je fulmine.

—C'est-à-dire que…

—Écoutez, cher maître, lancé-je brusquement. Je ne sais pas ce que vous avez à me dire de si urgent, mais à moins que vous soyez au courant de quelque chose à propos de la santé de ma mère, de mon frère ou de mes copines, rien ne peut justifier d'être aussi grossier, OK?

—Mais Caroline, pourquoi tu me vouvoies, tout à coup? fait-il, l'air paniqué.

—Devinez… Peut-être parce que je suis en beau câlisse, tiens!

—C'est que… J'ai pensé…, fait-il encore, l'air penaud.

—M'en fous. Ça ne se fait pas, point à la ligne. M'avez-vous collé un titre de propriété dans le front sans que je m'en rende compte?

—Je suis vraiment désolé, Caroline. Je voulais te surprendre.

—Oh non! Pas un autre qui a lu *Le Zèbre*, d'Alexandre Jardin et qui a tout pris au pied de la lettre…

—Je l'ai lu, c'est vrai, mais…

—Écoutez, je suis fatiguée, pas de bonne humeur et j'ai un appel à retourner. Alors on arrête ça, d'accord?

—Est-ce que je peux au moins te dire pourquoi j'appelais? dit-il timidement.

—OK, dis-je en lâchant un puissant soupir.

—Je voulais te proposer de partir à Paris avec moi tout de suite après ton stage. J'ai prévu de réserver deux chambres au George V, car bien entendu, je veux que tu saches que je te respecte et que je ne t'impose rien.

—Paris? C'est à peine si on se connaît et tu veux m'inviter à Paris?

Mais qu'est-ce qu'ils ont tous à vouloir m'emmener à Paris?

—J'ai su dès que j'ai posé le regard sur toi.

—Tu as su quoi au juste?

—Que tu es celle que j'ai cherchée toute ma vie…

—*Oh boy…* Pas ça, s'il te plaît. Je suis désolée, Louis, mais vraiment, je vais raccrocher. Merci pour tout, seulement sache que tes sentiments ne sont pas partagés, dis-je en essayant tout de même de ne pas trop l'abîmer.

Un vieux fond judéo-chrétien probablement.

—Il est trop tôt pour toi, sûrement, mais j'ai confiance qu'avec le temps…

—Non, Louis. Excuse-moi de péter ta balloune rose bonbon, mais non, je ne tomberai jamais amoureuse de toi. Alors je t'en prie, oublie ça et au revoir.

—Mais…, tente-t-il.

—Bonne soirée, Louis.

J'ai raccroché. Il ne manquait plus que ça: une vision mythique. Rien de pire, à mon avis. À fuir comme la peste. Je ne suis peut-être pas experte en matière amoureuse, mais une chose a toujours été très claire pour moi: ne jamais tomber dans le panneau de la vision mythique. Dès qu'un mec commence ses phrases avec un truc du genre: a) je t'ai cherchée toute ma vie; b) je rêvais de toi avant de te connaître; c) tu es toutes les femmes; d) avant toi, je ne comprenais pas ce qu'était l'amour; et j'en passe, je prends mes jambes à mon cou. Impossible à vivre. Ce type de relations est foutu dès le départ, car installée bien haut sur un piédestal, on ne peut que s'effoirer lamentablement avec le temps. La déception est inévitable, incontournable, puisque l'incarnation d'un mythe ne peut jamais tenir la route. À la lumière crue du quotidien, les failles normales d'une personne prennent des proportions démesurées face à l'impression de départ. Perdu d'avance. L'autre devient d'une banalité excédante, puisque contraire au rêve.

Est-ce ce qui m'est arrivé avec Daniel? L'avais-je déifié au point d'en être aveugle? M'étais-je fait prendre au fameux piège que j'ai toujours dénoncé? Je n'ai plus très envie de le rappeler. J'essaie plutôt de dormir un peu afin de mettre mon cerveau à *off*. Trop de questions sans réponses s'y chamaillent.

***

La deuxième journée du procès s'éternise. Il devient de plus en plus clair que notre client va gagner haut la main. M. Rancourt a beau jurer sur tout ce qu'il a de plus précieux qu'il y avait bien eu entente, entre lui et la banque, pour le report des paiements, strictement rien ne peut étayer sa parole. Notre sympathique Roland le gérant a évité le parjure en plaidant qu'il ne se souvient aucunement d'une telle conversation. Ce faisant, il ne la nie pas totalement, mais c'est suffisant pour que prévale le document signé par les parties. Le juge Bégin semble sympathique à la cause du demandeur, mais que peut-il faire? Dire qu'il croit M. Rancourt, qu'il lui donne raison et lui consent les dommages et intérêts demandés pour abus de droit? Il irait directement vers le verdict cassé en cour d'appel, et cela, aucun juge ne le souhaite.

— Monsieur Rancourt, avez-vous pris des notes à la suite de la conversation que vous dites avoir eue avec M. Roland Méthot? lui demande-t-il.

— Non, votre honneur. Je pensais que tout était correct, répond piteusement mon presque ami.

C'est le directeur de succursale qui suit à la barre des témoins. Comme prévu, il explique avec beaucoup de détails comment il est impossible qu'une telle entente ait eu lieu sans qu'il en ait été avisé, et surtout sans que le tout soit consigné par écrit. C'est perdu, je le sais. Ou plutôt gagné. Me Vautour en ronronne presque de plaisir à côté de moi. Il sait qu'il est en train de compter des points avec le plus gros client de la firme, et en tant qu'associé, ça veut dire plus de bidous pour lui. *Kechling, kechling.*

Je ne sais plus quoi faire pour me débarrasser du dégoût que m'inspire cette mascarade. Le pire, c'est que les honoraires rattachés à tout le bataclan qu'entraîne ce procès vont atteindre un montant qui, j'en suis convaincue, se serait révélé acceptable pour M. Rancourt, à titre de compensation pour abus de droit. Mais une banque n'a jamais tort, et celle-ci ne risquera pas de créer un dangereux précédent en avouant qu'un de ses cadres s'est royalement planté.

— Eh bien, ma chère Caroline, je crois qu'on pourra peut-être rentrer à Québec plus tôt que prévu, me lance gaiement Me Vautour, alors que nous quittons le palais de justice en fin de journée.

— Vous croyez? dis-je sans conviction.

— Oui, et j'ai bien envie de prendre un peu d'avance sur la célébration d'une victoire évidente. Que dirais-tu d'un souper à La Pinsonnière?

Rien de moins! Le restaurant de l'auberge La Pinsonnière fut le premier établissement au Québec à mériter une cote de Quatre Diamants, sans compter l'avalanche de prix et de distinctions de tout acabit qui déferle sur lui chaque année. Tentant, vous dites? Je n'y ai jamais mis les pieds, mais je sais que sa table et sa cave valent amplement le détour. Mon estomac et ma tête se livrent une bataille sans merci, pendant que Me Vautour a déjà son cellulaire en main afin de faire la réservation. Les morilles marinées à la mélisse, carpaccio de cerf rouge et mousseline de topinambours attaquent, mais l'idée de me retrouver seule avec lui réplique. Un pavé de flétan poêlé accompagné de salicornes des rives du Saint-Laurent, d'un tempura de petits gris et d'un beurre blanc au corail d'oursin fait une avancée importante. La conversation que j'ai eue avec Me Latulippe bloque de belle façon. La crème brûlée à la fleur de jasmin et son sorbet à la framboise tente l'ultime coup de Jarnac, mais l'image de mon pauvre M. Rancourt vient sceller l'issue du combat.

— C'est bien tentant, je l'avoue, mais je me sens plutôt crevée, dis-je finalement du bout des lèvres. Je vais faire monter un petit quelque chose à ma chambre et me coucher tôt.

— Dommage. Demain soir alors ! Repose-toi bien, tu as fait un excellent travail. C'est dans la poche, ma belle, conclut-il en m'adressant un clin d'œil.

Il ne manque que le signe du pistolet avec l'index et le petit bruit de bouche à l'avenant pour compléter la caricature.

Je me fais monter un *club sandwich* et une bière et décide de rappeler Daniel afin de lui laisser un message. Je n'ai toujours pas envie de lui parler – je ne sais pas quoi lui dire –, mais je ne souhaite pas non plus qu'il pense que je veux couper définitivement les ponts. Le réveil indique dix-huit heures. A-t-il quitté le bureau ? J'opte pour la méthode du pile ou face pour déterminer où j'appellerai. Pile, j'essaie le bureau en souhaitant qu'il soit déjà parti ; face, je tente ma chance à son appartement.

Une demi-bouteille de bière plus tard, la finale 4 de 7 donne la victoire à l'appel passé au bureau. Je tombe sur sa boîte vocale après quelques sonneries. « Bonjour, Daniel. Je croyais bien te joindre au bureau. Dommage. Je voulais te dire à quel point je suis désolée pour l'interruption d'hier. Un problème urgent avec notre dossier en cours. Je n'ai pas pu te rappeler, ça s'est réglé trop tard. Là, je file encore en réunion de préparation pour la journée de demain. Je n'aurai donc pas le temps de donner un coup de fil chez toi. En passant, je suis toujours partante, pour le mariage de Serge, samedi. Si tu veux encore de moi comme escorte… Je t'embrasse. Bonne nuit. »

Bon, d'accord, plus lâche que ça, tu meurs. Je sais. Mais c'est tout ce dont je me sens capable pour l'instant. Il va devoir s'en contenter. Je termine mon repas et me fais couler un bain très chaud et très moussant. J'emporte avec moi une demi-bouteille de rouge pigée dans le minibar. Je fais une présélection dans mon iPod et me laisse flotter sous les bulles en compagnie d'un zeste de Nick Cave, d'une dose de Leonard Cohen, d'une généreuse portion de Damien Rice, le tout saupoudré du *Requiem 4 2 Lovers*, de Pierre Ratté.

J'émerge de ma rêverie une heure plus tard. L'eau a tiédi et le vin s'est tari. Je serais bien restée comme ça. Calme. Plus tout à fait là. Entre deux eaux. J'adore cet état de conscience autre. Je m'enveloppe dans le peignoir attrapé au crochet de la porte et me dépêche d'aller sous les couvertures afin d'éviter de trop réveiller mon cerveau engourdi. Peine perdue. Dès que j'ai la tête posée sur l'oreiller, je me mets à ruminer mes idées noires au sujet du procès, de Daniel, du droit, de Louis et de ma petite personne emmêlée dans tout ça.

N'ayant aucunement envie de cogiter plus longuement, je me rhabille et décide d'aller faire un saut au casino. Le thème de la soirée semblant être la fuite en avant, autant y aller à fond ! Je descends l'escalier menant aux tables de Texas Hold'em et repère un essaim de joueurs qui me plaît. Un assortiment d'hommes entre vingt et soixante ans, concentrés, l'air plus sérieux que le pape. J'aime ce type de tables. D'abord parce que les hommes ont souvent tendance à sous-estimer les femmes qui jouent au poker. Gros avantage. Puis parce que je n'aime pas discuter lorsque je joue. Un commentaire ici et là, et le regard fermement planté dans celui de l'adversaire, voilà de quoi j'ai l'air autour d'une table de poker.

Je prends place en saluant l'assemblée d'un signe de tête. Le seul qui m'a saluée en retour est le petit monsieur grisonnant à ma droite. Première main, 8 ♥ et 2 ♠ . Je me couche. Les mains qui suivent se ressemblent. Je passe mon temps à fermer mon jeu et je commence sérieusement à cogner des clous. Histoire de mettre un peu de piquant, je décide d'y aller sur ma prochaine donne, peu importe ce qu'elle contient. Je reçois 7 ♥ et 9 ♥. Pas terrible, mais j'y vais et j'appelle la mise de départ. L'homme à ma gauche, une espèce de faux René Angélil, lunettes de soleil comprises, triple la mise. Tout le monde se couche. Je le suis. Le flop atterrit sur la table : 6 ♥ 8 ♥ A ♠. Il augmente la mise à nouveau. Je le suis et augmente à mon tour. Le tournant offre un K ♠. Il fait *all in*. Je suis. Le pot affiche la jolie somme de trois cent quarante dollars. Nos jeux sont révélés. Il a deux paires A et K. J'ai une possibilité de couleur et de suite. Je ferme les yeux. La rivière dévoile un 10 ♥. Le pot se dirige vers moi, et je me tourne en souriant vers le monsieur en question, qui me jette un regard noir et quitte la table en marmonnant : « Maudite coureuse. » *Ben coudonc. Oui, j'ai couru… Et j'ai gagné. C'est le poker, mon petit bonhomme, mets ça dans ta pipe.*

Quelques mains plus tard, je salue mon partenaire de droite et quitte la table. Il se fait tard et j'ai sommeil. Je m'attarde sur la terrasse, derrière le Manoir. Il fait bon. Je m'assois sur une chaise Adirondack qui me rappelle les étés passés au chalet de mes grands-parents, au lac Bouchette. Quelques minutes plus tard, un homme vient s'asseoir dans la chaise voisine et me salue en souriant. Est-ce qu'on se connaît ? Son visage ne m'est pas complètement étranger, et pourtant je suis certaine de ne l'avoir jamais rencontré. La mi-trentaine environ, grand, athlétique et fort beau. Je lui rends son sourire.

— Maître Grenier, c'est bien ça ? me demande-t-il.

— Oui, dis-je un peu étonnée. En fait non. Je suis stagiaire, alors je ne porte pas encore le « maître ». Et vous êtes ?

— Guillaume Rancourt. Je suis le fils de l'homme qui poursuit votre client.

— Oh… Euh… Enchantée de faire votre connaissance.

Voilà pourquoi son visage m'était vaguement familier. Il ressemble à son père. Je suis vachement mal à l'aise.

— Le plaisir est pour moi, fait-il avec un sourire digne de contribuer au réchauffement planétaire. J'arrive tout juste de Paris pour être avec mon père.

Décidément, la Ville lumière me poursuit de ses ardeurs…

— J'avais envie de vous rencontrer.

— Pourquoi ? Ce n'est pas moi qui figure comme avocat principal au dossier. Et puis comment m'avez-vous trouvée ?

— Plutôt simple, en fait, poursuit-il avec son sourire anti-Kyoto. Tous les avocats qui débarquent à La Malbaie logent au Manoir. Et puis j'ai demandé à mon père de vous décrire. Je vous ai reconnue lorsque vous êtes sortie pour aller au casino. Je vous attends depuis. J'avoue que la description que mon père m'a faite m'a été très utile.

—Que vous a-t-il dit?

Je regrette aussitôt ma question. Elle me donne des airs de midinette en quête de compliments, et ce n'est pas vraiment la position que je veux adopter devant lui.

—Que vous aviez la beauté des actrices des années 1930, grande, avec un regard mélancolique et une bouche à faire damner les saints, m'explique-t-il un brin gêné, mais le regard bien planté dans le mien.

Ses yeux sont d'un gris qui rappelle la brume qui se forme au-dessus des plans d'eau après quelques jours de canicule. Je sens mes joues s'enflammer et je prie pour que l'éclairage tamisé ne révèle pas mon trouble. Il m'a surprise, voilà tout. Rien de plus.

—Vous direz à votre père que sa description me flatte, mais que je la trouve un peu exagérée, dis-je en riant, tentant de dissiper cette aura d'intimité qui semblait vouloir nous envelopper et nous couper du reste. Vous m'excuserez, mais je dois remonter à ma chambre. Je crois qu'il n'est pas très approprié que je discute avec vous, de toute façon…

—Je comprends, Caroline. Vous permettez que je vous appelle Caroline?

—Bien sûr. Mais je dois vraiment partir, Guillaume, dis-je en essayant tant bien que mal de camoufler le regret qui perce dans ma voix.

—Accordez-moi cinq minutes, pas une de plus, s'il vous plaît.

—Pour quoi faire? Je ne peux rien pour votre père. Il a déjà un avocat, et je travaille pour la partie adverse. Alors à quoi bon?

—Je ne vous demande rien. Je veux simplement vous parler de mon père. Je tiens à ce que vous sachiez qui il est. Il a senti une certaine sympathie de votre part, et j'aimerais que vous le voyiez avec mes yeux et non pas juste comme un cas sur papier. C'est important pour lui. Et pour moi.

Le sourire calorifique a disparu, et je ferais n'importe quoi pour le ressusciter. Je ne dois pas rester là. Il doit bien savoir que je ne peux rien pour son père. Pourtant, je suis incapable de me décoller de cette chaise. Je sens bien que je suis en train de franchir une frontière interdite pour bien des raisons qui n'ont pas toutes à voir avec le procès. Je ne peux détacher mon regard de lui. Je tente une ultime sortie.

— J'ai froid. Je dois vraiment rentrer.

— Je vous offre un verre au bar, si vous le voulez bien. Après je partirai, promis.

Je m'entends accepter. Il dépose tout naturellement sa veste sur mes épaules et nous nous dirigeons en silence vers le bar de l'hôtel. Je croise les doigts pour ne pas arriver face à face avec Me Vautour. Mais le bar est désert. Nous prenons place dans un petit coin en retrait, près d'une fenêtre. Je commande une eau-de-vie de framboise. Guillaume aussi. L'alcool me réchauffe doucement et je me détends.

— Alors, que veux-tu me dire?

Le tutoiement m'est venu spontanément.

— Est-ce que je peux d'abord te poser une question?

— Oui, bien sûr.

— Est-ce que tu aimes ton travail?

— Euh… Oui, j'imagine. Pour l'instant, j'apprends le métier et j'avoue que l'écart entre la pratique et la théorie me cause certains problèmes, mais j'imagine que je vais m'ajuster avec le temps, dis-je sans grande conviction. Et toi, qu'est-ce que tu fais à Paris? Tu y travailles?

— Temporairement, oui. Je bosse pour une compagnie de théâtre qui effectue une tournée en France pour quelques mois. On est basés à Paris, mais on se promène un peu partout en région.

— Ça doit être génial! Tu aimes ça?

— J'adore. C'est un peu instable par moments, mais je ne changerais de boulot pour rien au monde.

— Je ne peux pas en dire autant, laissé-je échapper.

— Ah non? Dommage. Je ne peux pas m'imaginer passer mes journées à faire quelque chose qui ne me fait pas vibrer.

— Pourtant, c'est le lot de la majorité des gens, non? Il faut bien vivre.

Je crois entendre ma mère…

—Je sais. Mais je pense que pour *bien* vivre, justement, il faut donner le meilleur de soi. Et je vois difficilement comment on peut faire ça, si on n'est pas passionné par ce qu'on fait.

—Tu ne serais pas un brin idéaliste?

—Sûrement, répond-il en riant. Et je suis bien comme ça! Ça me convient parfaitement.

—J'imagine que tu t'entoures de personnes qui partagent ton point de vue…

—Est-ce une façon subtile de me demander si j'ai quelqu'un dans ma vie?

Je pourrais m'offusquer, nier, éclater de rire. À la place, j'acquiesce en baissant les yeux. J'ai désespérément envie de savoir qui a la chance de se réchauffer à son contact. Mes défenses battent en retraite. La bulle que je tentais d'éloigner persiste à nous envelopper. Il pourrait y avoir foule dans ce bar, je ne verrais rien et n'entendrais rien. Le temps et l'espace s'arrêtent à l'intersection de nos regards.

—Je suis divorcé depuis deux ans et je vis seul depuis. La seule femme de ma vie s'appelle Juliette et elle a cinq ans. Elle vit avec sa mère, à Montréal; c'est là que j'habite, moi aussi. Je la prends avec moi quand je peux. Pas assez souvent à mon goût, mais c'est une petite bonne femme heureuse et équilibrée. Sa mère et moi nous sommes quittés en bons termes, et Juliette n'en a pas trop souffert.

—C'est bien pour elle.

Je ne sais pas quoi ajouter, car je ressens une joie idiote et irraisonnée à l'idée qu'il soit libre. Et manifestement hétéro. Ça me dépasse. Je suis follement amoureuse de Daniel, non? Alors pourquoi ce mec que je ne connais que depuis une petite demi-heure me chamboule ainsi? Suis-je si superficielle qu'à peine un sourire irrésistible et un regard de brume me font tout oublier? J'ai beau me traiter de tous les noms, je sens qu'il y a quelque chose de plus profond qu'une simple attirance physique.

—Et toi, Caroline, tu as quelqu'un dans ta vie?

—Disons que, selon la formule consacrée, je suis en *break*. En hiatus amoureux, quoi.

Il ne demande pas de détails, et je lui en suis reconnaissante. Je n'ai aucunement envie de parler de Daniel avec lui. Pas de télescopage. Deux mondes distincts et entiers en soi. Des univers parallèles. Et moi flottant entre les deux.

—Tu prendrais un autre verre? Moi, si.

—Je veux bien, merci. Et si tu me parlais de ton père?

—D'accord.

Il entreprit une description de cet homme qu'il aime. Avec tendresse, fougue et admiration, il brosse un tableau dont j'avais pressenti les couleurs. Je l'écoute et l'observe sans dire un mot. Devant moi, il passe de l'adulte accompli qu'il est au petit garçon, à l'adolescent utopiste, puis au fils reconnaissant des valeurs léguées par cet homme. Il ne tente pas de me convaincre de quoi que ce soit. Dans mon regard, il lit la compréhension, l'acceptation.

Lorsqu'il a terminé son histoire, je me lève et mets ma main dans la sienne. Tout a été dit, du moins pour l'instant. Nous avons marché en silence jusqu'à l'ascenseur qui mène à ma chambre. Je referme la porte derrière nous et mets de côté tout ce qui existe en dehors de cet instant. Pour la première fois depuis des mois, le brouhaha se tait dans ma tête et je peux prendre une grande respiration. Enfin.

***

Il s'est endormi doucement. Pas moi. Tandis que j'admire son profil se dessiner dans le cadre qu'offre la fenêtre de ma chambre, je révise tranquillement mes théories sur les «premières fois». Et vlan! Un autre concept supposément coulé dans le béton et qui vient de s'effondrer. À mon grand plaisir. À mon très très grand plaisir, dois-je plutôt dire… Oh! Tellement!

Non, nous n'avons pas décroché les lourdes tentures damassées dans une furieuse embrassade. Le comptoir de la salle de bain n'a pas eu à subir de va-et-vient rythmé de cris lupinesques. Rien de tout cela. Mais si ce qui s'est passé dans mon corps et ma tête avait trouvé écho vers le monde extérieur, c'est tout Charlevoix qui se serait réveillé d'un même souffle…

Trembler de désir. J'ai déjà lu ça quelque part. J'avais aimé le côté cataclysme de l'expression, sans toutefois pouvoir m'y identifier. J'y voyais une espèce de *act of God*, un imprévisible émoi dont on ne peut prévoir l'occurrence. « Sûrement surfait », me disais-je. Avoir envie de quelqu'un, oui, bien sûr. Avoir envie de baiser tout court, possible. Mais *trembler de désir* ?

Pourtant, lorsque sa main s'est posée au creux de mon cou, là où une veine dont j'ignorais jusque-là l'existence battait la chamade, j'ai saisi le concept dans toute sa déconcertante plénitude. Mes genoux ont oublié leur rôle de soutien, mon ventre s'est enflammé comme un feu de la Saint-Jean, et mon cerveau s'est enrobé de coton. Je me suis liquéfiée. Il a dû sentir que j'étais sur le point de perdre l'équilibre. Délicatement, il m'a déposée sur le lit, sans jamais détacher son regard du mien. Sa bouche a entrepris alors le délicieux chemin des découvertes et des conquêtes. Je me suis sentie territoire vierge… (Là, j'ai la désagréable impression de faire dans le Harlequin à plein gaz. Mais je jure sur la tête de la Veuve Clicquot que c'est ainsi que cela s'est passé, et mieux encore, et plus, et *tutti quanti*. Voilà. Je ne vais quand même pas banaliser pour éviter de faire cucul.)

Je ne saurais dire combien de temps je me suis ainsi perdue dans ses bras. Je sais qu'à un moment donné, des larmes glissaient sur mes joues. *Pleurer de plaisir*. Ça, je ne l'ai lu nulle part.

***

Le réveil est brutal. On cogne à la porte. Je me tourne vers Guillaume, qui dort profondément, malgré la persistance de l'intrus. Il est à peine sept heures et quart. J'enfile rapidement un grand t-shirt qui traîne près du lit.

— Oui ? dis-je à travers la porte.

— Caroline, c'est moi. Je peux entrer ?

Mᵉ Vautour ! Qu'est-ce qu'il fout là ?

— C'est que… Je ne suis pas prête, je viens de me réveiller. Peut-on se donner rendez-vous en bas dans une quinzaine de minutes ?

— Je préférerais que l'on se parle ici, maintenant. Habille-toi, je vais attendre, fait-il d'un ton qui ne me laisse guère le choix.

Guillaume s'est réveillé. Je lui fais signe d'aller s'enfermer dans la salle de bain. Je le suis, attrapant au vol ses vêtements éparpillés autour du lit.

— C'est mon *boss*! Je suis désolée, mais peux-tu rester caché le temps que je me débarrasse de lui? dis-je en faisant couler le robinet à pleine puissance.

— Pas de problème, répond-il en riant. Tu sais que tu es belle quand tu paniques?

Je lui colle un baiser sur le coin de la bouche et referme la porte derrière moi. Je saute dans mes jeans, attrape mon soutien-gorge et prie le ciel pour que la visite soit de courte durée.

— Entrez, maître Vautour.

Il s'installe à la petite table, près de la fenêtre, et me fait signe de le rejoindre.

— Je pourrais nous faire monter du café, qu'en penses-tu? dit-il en prenant le téléphone.

Et merde! Comment vais-je me sortir de ce guêpier?

— Y a-t-il une urgence? Sinon, j'aimerais prendre une douche et vous rejoindre…

— Quelqu'un a eu vent du mémo, Caroline. L'avocat de Rancourt m'a appelé, tard hier soir, pour me dire qu'il compte bien mettre la main dessus et nous forcer à faire une offre à son client. Es-tu au courant de quelque chose?

Son regard habituellement d'un bleu glacial pourrait faire bouillir l'eau à distance. Je ne sais quoi répondre. D'où est venue la fuite? Le téléphone sonne à cet instant. Il décroche.

— Oui?

Son regard se fronce.

— Bonjour, Roger. Ça va, et toi?

Non!!! Le troll a choisi ce moment pour un autre de ses appels débiles. J'ai de plus en plus l'impression de me retrouver dans une pièce de Feydeau, avec claquements de portes et amant caché dans le placard. J'examine les options qui s'offrent à moi. La défenestration est tentante…

—Caroline, tu peux me dire pourquoi Roger t'appelle d'Europe? Travailles-tu sur un dossier dont je n'aurais pas été informé? me demande-t-il après avoir raccroché.

—Non. Que vous a dit Me Tremblay?

—Qu'il voulait prendre des nouvelles du procès, mais qu'il souhaitait ne pas me déranger si tôt le matin… Je ne l'ai pas cru.

—Je ne vois pas pourquoi. C'est sûrement la raison de son appel.

—Si tu le dis… Mais bon, on a d'autres chats à fouetter. Qu'en est-il du mémo? Tu ne m'as pas répondu.

—Je n'ai pas la moindre idée de ce qui a pu se passer, sincèrement.

—As-tu parlé à quelqu'un?

—Vous ne croyez tout de même pas que c'est moi qui ai laissé couler l'information, lancé-je indignée.

—Je ne sais pas quoi penser. Tu semblais obsédée par cette note interne, avant le début du procès.

—Je n'étais pas *obsédée,* comme vous dites, mais plutôt déconcertée par le fait que la partie adverse n'ait pas accès à tout ce qu'il lui faut pour obtenir justice, voilà. J'ai beau travailler pour la banque dans ce dossier, je n'ai pas pour autant renié toutes mes convictions, dis-je avec humeur.

—C'est bien beau, les convictions, Caroline, mais tu apprendras vite que ce ne sont pas elles qui paient le loyer et l'épicerie.

—Je ne suis pas d'accord avec vous, et je trouve odieux le fait que vous puissiez penser que je suis responsable de cette fuite. J'aimerais maintenant prendre une douche et aller déjeuner tranquillement avant le début de la séance de ce matin, dis-je en me levant et en me dirigeant vers la porte.

Il hésite quelques secondes puis se lève à son tour.

—Caroline, tu comprends que je devais te poser la question, non?

—C'est vous le patron. Je n'ai rien à ajouter pour le moment. À tout à l'heure, dis-je en indiquant la porte.

Guillaume sort de sa cachette et vient me rejoindre sur

le lit. J'ai les larmes aux yeux et je me retiens difficilement d'éclater en sanglots.

— Ça va aller ? me demande-t-il doucement.

— Oui, je crois. Tu dois bien te demander ce qui se passe, non ?

— Caroline, je ne suis pas venu ici pour espionner ou pour chercher des informations pouvant aider mon père, si c'est cela que tu penses.

— Je sais. Mais tu as entendu la conversation. Tu sais maintenant qu'il existe un document qui pourrait faire toute la différence, pour ton père.

— J'ai compris cela, oui. Mais je sais également que tu as un travail à faire. Je ne veux pas te placer dans une situation intenable.

— Je ne sais plus quoi faire. Je n'ai pas informé l'avocat de ton père de l'existence de ce mémo, mais je suis soulagée que quelqu'un l'ait fait. Un employé de la banque sympathique à ton père, j'imagine. Tu ne me demandes pas de te le donner ?

— Non, dit-il en me serrant dans ses bras. Je dois aller rejoindre mon père. On se verra au palais de justice. Crois-tu qu'on pourrait se rencontrer quelque part pour souper, ce soir ?

— Je ne sais pas si je pourrai échapper deux soirs de suite à Me Vautour, mais je vais essayer d'arranger ça, dis-je en soupirant. Merci.

— Merci pour quoi ? fait-il, intrigué.

— Pour cette nuit, pour ce matin.

Il m'embrasse doucement et quitte ma chambre. Je reste plantée là un bon moment, ne sachant trop que faire. Je suis incapable de faire le moindre mouvement. Pétrifiée. Si je bougeais, tout se précipiterait. Le brouhaha est de retour en force. Tant que je reste immobile, rien ne peut arriver, me semble-t-il. J'ai l'impression de tenir en équilibre sur une pile de mensonges qui risque à tout moment de s'effondrer. Je me roule en boule sur le lit et ferme les yeux.

11

J'ai de plus en plus de mal à rester à la surface. L'eau glacée engourdit mes membres au point de les paralyser presque entièrement. Ma robe, alourdie par la mer, m'entraîne par le fond. Un ciel noir charbon, sans étoiles, me couvre. Je cesse de lutter et sens mes poumons s'emplir d'eau et de sel. Je coule lentement. Plus rien n'est important. Je suis calme. J'ai arrêté de me battre. Je valse sous les flots…

La sonnerie du téléphone me sort brusquement de ce sommeil étrange. C'est Me Vautour qui m'attend dans le hall de l'hôtel. Je lui dis que je suis malade, une gastro, et qu'il m'est absolument impossible de sortir de ma chambre. Il me demande de le rejoindre au palais de justice dès que possible. Ils commenceront sans moi. Je raccroche et me lève pour aller fouiller dans mon porte-documents. Il est toujours là, caché dans mon agenda. Je soupire de soulagement. Non pas que j'aie vraiment cru que Guillaume aurait pu se lever durant la nuit, fouiller dans mes affaires et trouver le mémo. Mais l'idée m'a quand même traversé l'esprit. Je prends le mémo, le mets dans mon sac à main et m'habille en vitesse. Je sais ce qu'il me reste à faire, mais je n'ai plus beaucoup de temps devant moi.

J'emprunte l'escalier, plutôt que l'ascenseur, afin d'éviter d'avoir à passer par le hall. Après m'être assurée que Me Vautour n'est pas à l'extérieur de l'hôtel, je sors et saute dans un taxi. Je commence à me prendre pour une version femelle de

James Bond. J'ai presque envie de dire au chauffeur : « Suivez cette voiture ! » À la place, je lui demande d'aller à l'adresse que j'ai notée en vitesse avant de partir.

Les bureaux de Gagné et Pratte ont situés dans une maison datant du début siècle dernier. Un immense balcon fait le tour de la bâtisse blanche et verte. Je pousse la porte et demande à la jeune femme, à la réception, si Me Gagné est parti pour le palais de justice. Elle me répond que c'est bien le cas. Je lui demande une enveloppe, que j'adresse à l'avocat. Je glisse le mémo à l'intérieur et scelle l'enveloppe, et ma carrière d'avocate par la même occasion. J'explique à la réceptionniste qu'il est urgent de transmettre le tout à son patron. Elle appelle un jeune homme, stagiaire ou étudiant, probablement, et lui remet le pli en lui demandant de se rendre immédiatement à la cour. Je la remercie et reprends le taxi qui m'a attendue afin de retourner au Manoir.

De retour à la chambre, je me sens presque ivre. Il faut dire que je n'ai rien avalé depuis mon réveil, mais ce n'est pas ce qui me met dans cet état. Je fais mes bagages et appelle à la réception pour m'informer des horaires d'autobus. Puis je m'installe à la table pour écrire un mot à Guillaume.

J'ai fait ce que je devais faire. Je souhaite de tout cœur que ton père puisse reprendre sa vie tranquillement. Dis-lui que je l'ai fait pour moi aussi.
Tendresse,
Caroline

J'indique mon adresse, au cas où. Je ne sais pas si j'attends quoi que ce soit de lui. Il est trop tôt encore.

12

La journée s'annonce superbe. Plein soleil. Parfait pour un mariage. J'ai fait un saut chez la coiffeuse pour l'occasion. Je n'ai jamais eu de talent pour faire quoi que ce soit avec ma tignasse. J'ai envie d'un chignon original, et les quelques tentatives de la veille m'ont convaincue de voir une spécialiste en la matière si je ne veux pas ressembler à la princesse Leia, dans *Star Wars*... Marianne a fait des merveilles. La touche finale à son œuvre : une magnifique fleur d'hibiscus orangée laissée à ma porte par Daniel, tôt ce matin. Une offrande qui m'a émue.

À ma demande, nous ne nous sommes pas vus depuis mon retour précipité de La Malbaie, mais nous avons discuté longuement au téléphone. En fait, je n'ai pas bougé de chez moi depuis, sauf pour l'escapade chez ma coiffeuse. Après avoir parlé brièvement à Val et à Génie, histoire de programmer un con-ci-lia-Bulles pour la semaine prochaine, j'ai débranché ma ligne et mis mon cellulaire à *off*. Je gérerai l'épineuse question professionnelle à compter de lundi, pas avant. Je n'ai aucune peine à imaginer que tout le bureau doit être à mes trousses ; on a même sonné à ma porte, et je soupçonne que c'est Luc qui a été envoyé comme émissaire. Pauvre chou. Le bref message laissé à la réception à l'intention de Me Latulippe doit les avoir mis dans tous leurs états : je passerai prendre mes effets personnels lundi. Comme sabordage, on ne peut pas faire mieux.

Ce qui me plaît et me réconforte réside dans le fait que j'ai pris, en toute connaissance de cause, une décision qui m'aliène une profession entière. Vo-lon-tai-re-ment. De plein gré. Pas de sabotage inconscient. Je me suis accordé un vrai suicide professionnel. Et étrangement, je suis sereine. Zen, zen, zen… Je sais que le ressac de ce geste s'avérera salé en diable. Oui, j'ai foutu en l'air quatre ans d'études. Oui, j'ai trahi la confiance implicite qui doit nécessairement exister entre un stagiaire et le bureau qui l'emploie. Et, oui, j'ai fait fi de mes serments d'amour pour me retrouver au lit avec un parfait étranger. Je devrais me sentir misérable, en dessous de tout. Mais bien au contraire, j'ai l'impression de pouvoir soulever des montagnes et affronter les pires tempêtes. Pour emprunter un cliché éculé, je suis le capitaine de mon navire. Et tant pis si je suis à la dérive. *I'm the king of the world,* avais-je envie de crier à la manière du beau Leo. *And fuck the rest…*

De mon œuvre de destruction massive a cependant émergé un résultat qui me fait chaud au cœur : le dénouement hâtif du procès avec une offre juteuse de la banque à M. Rancourt. Comment je sais cela ? Le greffier de la cour jouait à ma droite à la table de poker, le fameux soir où tout a basculé. Je n'ai eu qu'à lui lâcher un petit coup de fil pour avoir le fin mot de l'histoire. Sa-vou-reux.

Le jeune homme à qui la réceptionniste du bureau de l'avocat de M. Rancourt avait remis le mémo avait dû se taper un sprint digne d'un olympien dopé aux stéroïdes, puisque l'objet de mon délit était arrivé juste au moment où le juge allait prendre place. Me Gagné avait demandé que le procès soit ajourné pour l'avant-midi et a réclamé un entretien en chambre avec le juge et Me Vautour. J'imagine avec un certain plaisir le visage anguleux de mon maître de stage passer du blanc livide de la mauvaise surprise au rouge pétant de la colère.

Le greffier n'a pas pu me renseigner sur la discussion entre les trois hommes, mais j'imagine assez bien le juge Bégin conseiller à mon ancien patron de s'entendre avec la partie adverse. Ce qui fut fait assez rondement. Me Vautour a dû expliquer aux représentants de la banque que les carottes étaient cuites et qu'il valait mieux s'en tenir à un règlement, plutôt que de risquer des dommages et intérêts exemplaires qui s'ajouteraient fort probablement à la somme réclamée, vu l'évidente mauvaise foi dans ce dossier. L'anal monsieur le directeur régional en a sûrement grignoté sa cravate.

Je ne sais pas si M. Rancourt décidera de remettre sur pied le commerce de motorisés qu'il avait dû fermer lorsque la banque lui avait « tiré la plogue », l'obligeant à déclarer faillite et à baisser la tête devant sa famille. Peut-être optera-t-il pour une retraite amplement méritée aux côtés de Janine ? Je lui souhaite tout le bonheur et la sérénité possible. Et ça n'a rien à voir avec le fait que son fils est à mes yeux l'homme le plus troublant au monde…

J'enfile la robe que Daniel m'a offerte. L'orangé s'harmonise parfaitement avec le léger hâle que j'ai acquis ces derniers jours, sur la terrasse du toit de l'immeuble où j'habite. Ma peau s'est assainie : disparus Pedro et compagnie ! Je me sais belle, en cet instant. Trois coups de sonnette, une pause et deux autres coups retentissent. C'est le signal dont nous avons convenu, Daniel et moi. Je prends mon sac, jette un dernier coup d'œil à mon reflet dans la glace et descends le rejoindre. Je ne l'ai pas vu depuis des semaines. Il est planté là, l'air un peu maladroit, valsant d'un pied sur l'autre. Mon cœur sourit à sa vue.

— *Love*, tu es magnifique, dit-il d'une voix voilée, à peine audible.

— Tu n'es pas mal non plus, dis-je en tournant coquettement sur moi-même.

Il porte un costume anthracite d'une coupe remarquable sur une chemise d'un blanc immaculé. Il va faire tourner des têtes, assurément. Un bref instant, la couleur de son habit me rappelle celle des yeux de Guillaume. Mais je range le souvenir de ce dernier dans le tiroir qui lui est dévolu, dans ma tête. J'y verrai plus tard. Je souhaite vivre pleinement cette journée avec Daniel.

Il prend ma main et nous nous dirigeons vers la basilique Notre-Dame-de-Québec, qui n'est qu'à cinq minutes de marche de chez-moi.

— Dis-moi, comment vas-tu? As-tu réussi à éviter toute conversation avec les gens de ton cabinet comme tu le voulais?

— Je vais très bien, merci. J'ai tout débranché, mais j'imagine que ma boîte vocale doit déborder.

— Tu sais que ton aventure à La Malbaie est en train de faire le tour du palais de justice?

Mon aventure…

— Ça ne m'étonne pas. Québec est un grand lit double où tout le monde sait ce que l'autre fait, surtout chez les avocats. Je m'en fous, tu sais. C'est fini pour moi, tout ça. J'ai déjà tourné la page.

— Alors tu es vraiment décidée à tout larguer?

— Oui. De toute façon, tu sais comme moi qu'il n'y a aucune chance qu'un bureau m'engage après ce que j'ai fait. Je ne terminerai même pas mon stage, alors…

— Qu'est-ce que tu vas faire, Caro? Retourner aux études?

— Je n'en ai pas la moindre idée. Et c'est très bien ainsi. J'étais en équilibre sur une construction artificielle. La chute était inévitable, dis-je avec un grand sourire.

Nous arrivons à la basilique et j'aperçois quelques têtes connues. Je ne suis pas parano, mais je sens bien les regards se poser sur moi. Daniel a raison, ça jase fort dans les chaumières. «C'est elle, la fille qui a donné les informations à la partie adverse et qui va se faire foutre à la porte», ai-je l'impression d'entendre chuchoter. Je suis morte de rire.

L'intérieur de l'église est à couper le souffle. Une orgie de fleurs blanches et de chandelles donne à l'ensemble des allures de château de Disney. Miss Design n'y est pas allée de main morte. J'ai hâte de voir la robe qui va avec tout cela! Les bancs sont presque tous pleins. J'admire les verrières et les tableaux offerts par Louis XIV à la plus ancienne paroisse d'Amérique du Nord, et mes pensées s'envolent vers Paris. Est-il de retour dans la Ville lumière? Je sais qu'il ne m'a pas appelée, car sans écouter les messages laissés sur mon cellulaire, j'ai tout de même vérifié leur provenance. Je ne lui en tiens nullement rigueur. Je n'attends rien en retour.

— Eh ben, notre ami Serge a fière allure dans son tuxedo, me glisse Daniel.

Je n'avais même pas remarqué que le futur marié s'était avancé près de l'autel. À ses côtés, un spectaculaire jeune homme fait office de garçon d'honneur. Blond comme les blés, grand, carrure athlétique et visage à la Michel-Ange. Il doit sentir les regards sur lui. Personnellement, ce n'est pas le genre d'esthétique qui me touche, mais je devine qu'il doit faire pâmer la majorité des femmes présentes au mariage. Brad Pitt en version améliorée. Je n'ai aucune idée de qui il peut être. Je me tourne vers Daniel afin de lui poser la question. Il me semble très pâle, tout à coup. Je remarque que son regard est justement dirigé vers le bel inconnu. Il ne fait peut-être pas d'effet que sur les femmes, après tout... Daniel semble hypnotisé.

— Youhou ! Ça va ? lui dis-je à l'oreille.

— Oui, oui, répond-il vaguement.

— C'est qui, le mec à côté de Serge ? Le grand blond à la chaussure noire...

— Aucune idée, dit-il plutôt sèchement.

— Assez *hot* merci dans son genre, non ?

— Tu trouves ?

— Daniel, s'il te plaît, niaise-moi pas. Ne viens pas me dire que tu ne l'as pas remarqué. Il déborde de *sex-appeal*...

— Bof...

La marche nuptiale retentit. *Sauvé par les violons, mon cher...* Je me tourne vers l'arrière de l'église afin de voir le cortège s'avancer. Une fillette ouvre la marche en déposant des pétales de rose sur son chemin, suivie de deux adolescentes, tout en blondeur et en sourires. Je reconnais la fiancée, qui est au bras de son père. Sa robe, simple mais majestueuse, d'un blanc crémeux, lui va à ravir. Ses cheveux sont remontés dans un savant chignon ceinturé d'un diadème de perles. Elle est vraiment ravissante et semble flotter de bonheur. Je l'envie presque, moi qui ne me suis jamais imaginée en mariée rougissante. Lorsqu'elle passe près de moi, je comprends qui est le jeune homme à l'avant. La ressemblance était frappante.

— *Oh my God*, c'est sûrement son frère, qu'en penses-tu ? chuchoté-je à l'oreille de Daniel.

— Je ne sais pas, Caro, répond-il, l'air exaspéré. Pourquoi es-tu obsédée par ce mec ? Ce n'est même pas ton genre…

— Je sais, mais avoue qu'on ne voit que lui. Serge a l'air minuscule et *drab* à côté de lui. Tu ne le trouves pas craquant, toi ?

— Chut ! Ça commence.

Il a vraiment l'air fâché. Jaloux ? Je ne miserais pas là-dessus… Troublé ? Là, on tient quelque chose. C'est la première fois que je le vois réagir si fortement à la vue d'un autre homme. Déconcertant, mais pas dévastant. J'ai toujours su que ça arriverait un jour. J'étudie la scène avec un intérêt dénué d'émotions. La seule chose que je souhaite : l'absence de mensonges et de faux-fuyants. *Ne me mens pas, Daniel, je t'en prie. Ne gâche pas ce que nous sommes l'un pour l'autre malgré tout.* J'espère que la connexion entre nos deux âmes est toujours opérationnelle. Il n'y a pas d'espace pour la duperie, entre nous. Je compte être tout à fait honnête avec lui au sujet de Guillaume. J'attends seulement l'occasion de lui parler face à face, calmement. Peut-être plus tard, au retour de la réception.

Miss Design et Serge le dépravé échangent leurs vœux avec chaleur. Il n'y a pas à dire, ce mec-là mériterait un Oscar pour sa performance quand il lui jure fidélité. Sérieux, intense et l'air follement épris, il confondrait n'importe qui. Elle, vraiment rayonnante, boit ses paroles en essuyant élégamment une larme qui perle. Je ne peux m'empêcher de ressentir un pincement au cœur à l'idée que cette foi apparemment aveugle est depuis longtemps trahie. Jusqu'à quel point ce qu'on ne sait pas ne peut nous faire de mal ?

Un tonnerre d'applaudissements salue l'annonce de l'officialisation de leur union devant Dieu et les hommes. Nous sommes aussitôt conviés à nous rendre au Salon rose du Château Frontenac pour le cocktail. Chic, chic, chic. Le trajet entre la basilique et le château n'est pas l'occasion d'entamer une conversation avec Daniel, puisque nous sommes rejoints dès la sortie par la géante blonde à grandes dents et… sa copine. Pas d'équivoque, elles se tiennent par la main et se sont bécotées tout au long de la cérémonie. Je pouffe de rire, intérieurement, au souvenir de toutes les hypothèses scabreuses que j'avais échafaudées au sujet de Daniel et elle. Mauvaise lecture.

—Tu vas bien, Caroline? me demande Mireille. Je te présente Amanda, ma conjointe.

—Très bien, merci. Bonjour, Amanda, ça me fait plaisir de te rencontrer.

—Comment tu t'en sors avec le bureau? Daniel m'a dit ce qui est arrivé, poursuit Mireille sur le ton de la confidence.

—Je n'y ai pas mis les pieds encore, mais on s'entend que vous ne me verrez plus arpenter les couloirs du palais…, dis-je en riant.

—Je te trouve très courageuse d'avoir fait ça. Pas certaine que j'aurais été capable.

—Bof, disons que je n'avais pas planifié le geste depuis très longtemps, mais que le résultat me convient tout à fait.

Nous arrivons au château. La file pour féliciter les mariés s'étire jusque dans le corridor en face du Salon rose. Je suggère à Daniel de sauter cette étape pour nous diriger discrètement vers le bar. Je ne me vois pas tout sourire en train d'offrir mes meilleurs vœux à Serge-coulis-de-bave-dans-le-cou… Coupe de champagne à la main, je cherche l'Apollon blond du regard. Je le repère près des mariés. Il est encore plus spectaculaire de proche. Daniel l'a déjà remarqué. Je lui prends la main et l'entraîne avec moi, direction beau garçon. Je ne sais trop ce qui me pousse à agir ainsi, mais je veux absolument parler à ce mec. Avec Daniel à mes côtés. Peut-être que je veux tester sa réaction. Tordu, comme réflexe? J'ai pourtant l'impression de faire ce qu'il faut.

—Qu'est-ce que tu fais? me dit-il les dents serrées.

—Je suis trop curieuse. Il faut que j'aille lui parler.

—Mais qu'est-ce qui se passe avec toi, aujourd'hui? Tu veux qu'on sorte et qu'on en parle?

—Pas tout de suite. Suis-moi.

Plus on s'approche, plus je sens la main de Daniel se crisper autour de la mienne. Je lui souris tendrement et lui dis tout bas : « Je t'aime, tu sais. » Son regard affiche un énorme point d'interrogation.

— Bonjour, je m'appelle Caroline, et voici mon ami Daniel. J'ai parié que vous êtes le frère de la mariée. Ai-je raison ? demandé-je à Apollon.

— En plein dans le mille ! Je suis Simon, le bébé de la famille, répond-il en souriant.

Sauf que ce n'est pas à moi qu'il montre sa dentition parfaite, mais bien à Daniel, qui a l'air complètement figé à mes côtés.

— J'avoue que le pari n'était pas très risqué. Vous lui ressemblez tellement !

— Oui, je sais. Vous êtes une de ses amies ?

— Pas vraiment, non. C'est-à-dire que je suis ici parce que j'accompagne Daniel, qui travaille avec l'heureux époux.

— Serge, mon nouveau beau-frère…

Est-ce mon imagination ou son sourire s'est soudainement voilé ?

— Vous êtes procureur de la Couronne ? demande-t-il à Daniel.

— Je suis stagiaire pour l'instant, mais j'espère bien continuer après, dit mon amour en rougissant légèrement.

— Moi, je suis le mouton noir de la famille. Celui qui n'a pas fait l'université et qui a opté pour le théâtre. Je viens de terminer mes trois ans à l'École nationale de théâtre.

— Et tu comptes demeurer à Montréal pour ta carrière, j'imagine ? dis-je.

— Ben oui… Enfin, je ne sais pas encore. Ça va dépendre des offres, vous comprenez, répond-il en rougissant à son tour.

Des offres de qui, cher dieu grec ? J'ai la confirmation de ce que j'avais pressenti à l'église. Daniel est fortement troublé par ce jeune homme. Et l'émoi semble réciproque. Mais comment font-ils pour savoir ? Existe-t-il un code secret que nous, platement hétérosexuels, ignorons ? Je suis peut-être complètement nunuche, mais il me semble qu'un mec qui accompagne une nana, qui la tient par la main et qui la regarde amoureusement ne peut entrer dans la catégorie des prospects gays, non ?

Pourtant, ces deux-là se sont manifestement reconnus ! Le plus drôle, c'est que je ne ressens rien de particulier à cette idée. Pas de jalousie. Pas de colère. J'aime Daniel, profondément, mais je crois que j'ai toujours su qu'il n'y avait pas d'avenir sur le plan amoureux pour lui et moi. Nous sommes peut-être des âmes sœurs en théorie, mais en pratique, je n'ai pas ce qu'il faut pour survivre à ce type de relation. Et je ne parle pas de la pièce manquante…

Durant mon cloître de la semaine dernière, j'ai revu le film *Les Nuits fauves,* de Cyril Collard. Un film autobiographique brillant où le personnage principal, interprété par le magnifique et trop tôt disparu Collard, est bisexuel et séropositif. Il aime Laura, mais désire Samy. Elle a tout abandonné pour lui, accepte avec peine ses escapades homosexuelles, mais reste malgré tout auprès de cet homme qu'elle aime à la folie. Daniel n'est pas Cyril Collard, il n'a pas cette fureur exaltée qui le pousse à vivre à cent à l'heure et à rechercher le plaisir comme validation du fait d'exister. Mais je n'ai pu m'empêcher de me voir en Laura, toujours inquiète, passant du lumineux à l'obscur. J'ai compris que je ne peux pas me projeter dans quelque futur que ce soit, du moins amoureusement, avec Daniel.

— Désolé, je dois rejoindre mes parents, dit Simon avec regret. On se retrouve plus tard ?

La question s'adresse à nous deux, mais le regard est solidement ancré dans celui de mon compagnon.

— Tu crois qu'il est gay ? demandé-je innocemment à Daniel, une fois que Simon s'est éloigné.

— Oui Caro, et tu le sais aussi bien que moi. Que veux-tu prouver au juste ? T'attendais-tu à ce que je lui saute dessus ?

Il semble vraiment en colère. Il croit que j'ai tenté de le piéger.

— Viens. On va aller prendre l'air et en griller une, tu veux bien ?

Je l'entraîne dehors en souhaitant trouver les mots justes pour lui exprimer à la fois tout l'amour que je ressens pour lui et le fait qu'il m'est impossible d'envisager l'avenir auprès de lui. Mais il prend les devants.

—Tu veux qu'on se quitte, n'est-ce pas, Caro?

—Oui. Du moins, amoureusement parlant.

—Il y a quelqu'un d'autre?

—Non.

Je n'ai pas l'impression de mentir. Guillaume fait partie de ce qui me semble avoir été un rêve éveillé. Il ne prend aucune place dans ma vie et je ne sais même pas si je le reverrai un jour. Il ne fait pas partie de l'équation, et la mention de son existence ne servirait qu'à embrouiller la situation.

—Tu sais que je t'aime. Je n'ai jamais cessé de t'aimer, me dit-il tendrement. Mais je ne chercherai pas à te retenir.

Je pourrais m'offusquer du peu de résistance offerte, mais au contraire je nous sens plus proches que jamais.

—Merci. J'espère que tu ne sortiras jamais de ma vie, mon bel Anglais.

—Jamais.

Nous nous embrassons longuement, savourant chaque seconde de ce que nous savons être la dernière étreinte. Il y en aura bien d'autres, sûrement, plus chastes, plus réservées. Je glisse dans sa poche de veste un mot que j'avais écrit. Je souhaite qu'il en prenne connaissance après que l'on se sera séparés.

Cher Daniel,
J'ai longtemps erré de port en port,
Cherchant en vain un ancrage,
Un lieu sûr,
Accueillant,
Où enfin mettre pied à terre et poser mes
*   bagages.*
De cette quête, je garde des souvenirs,
Tantôt heureux,
Parfois flous.
Le jour où j'ai accosté sur la rive de ton cœur,
J'ai compris que j'avais trouvé mon pays.
Aujourd'hui, je repars poursuivre mon voyage,
En sachant désormais que,

Peu importe où je suis,
Peu importe avec qui je suis,
Tu demeures ma contrée d'origine.
Pour jamais. À toujours.
Caro.

Je ne me rends pas à la salle de bal où ont lieu le souper et la réception. Je quitte Daniel au pied de l'escalier majestueux qui mène à l'étage, lui souhaitant une agréable soirée et promettant de l'appeler bientôt. J'emprunte la sortie qui donne sur la terrasse Dufferin. Je remonte jusqu'à la rue Saint-Denis et m'installe sur un banc d'où l'on peut contempler une des plus belles vues de Québec. Le fleuve qui s'élargit au loin, l'appel du large. Je ne prends peut-être pas la mer, mais le sentiment de liberté que je ressens doit s'apparenter à celui du moussaillon qui, pour la première fois, quitte le plancher des vaches. J'appareille, toutes voiles dehors.

13

Lundi matin, je suis en pleine forme et prête à affronter tout ce qu'on me lancera à la tronche. Je me rends au bureau d'un pas décidé et à huit heures trente pile, après avoir pris une grande inspiration, je passe le seuil. La réceptionniste lève les yeux et son sourire se fige, ce qui lui donne l'air d'un poisson sorti de l'eau. Je lui souris et lui demande d'appeler Me Latulippe. Je prends place dans un des confortables fauteuils de cuir qui meublent l'espace. Je ne me suis pas assise là depuis le jour où j'étais venue passer ma deuxième entrevue. Je me revois, les mains moites, étourdie de chaleur dans un chandail qui me grattait la peau. Je me souviens que mon collant était filé juste au-dessus de la cheville gauche et qu'à mon grand désarroi je l'avais choisi bleu nuit plutôt que noir, le tout jurant affreusement avec ma jupe et mes chaussures.

Me Latulippe vient me chercher et, sans dire un mot ni croiser mon regard, m'emmène prestement dans son bureau, situé à deux pas de la réception. Elle s'assoit en face de moi. Je n'arrive pas à déchiffrer son expression. Vais-je avoir droit à la version officielle de l'avocate professionnelle ou à celle, plus personnelle, de la femme que j'avais découverte lors de notre dernière rencontre?

— J'ai pris l'initiative de vider ton pigeonnier et de rassembler tes effets personnels, dit-elle en désignant une boîte près de son bureau. Je crois n'avoir rien oublié, mais tu vérifieras.

— Merci, c'est gentil.

— Me Vautour t'attend dans son bureau et Me Tremblay a demandé que tu passes le voir avant de partir.

— Puis-je vous demander la température de l'eau ? dis-je avec un petit sourire.

— Bien froide, Caroline. Très franchement, je ne voudrais pas être à ta place…

— Je ne m'attends pas à des félicitations, c'est sûr. Croyez-vous qu'ils ont l'intention de prendre des mesures disons… plus draconiennes à mon égard ?

— Je ne suis au courant de rien. Vautour semble me rendre responsable de tes gestes et m'adresse à peine la parole depuis son retour de La Malbaie.

— Je suis désolée, vous n'avez rien à voir là-dedans. Je veillerai à ce que ce soit très clair.

— Ça va passer, t'en fais pas, répond-elle avec gentillesse. Écoute, Caroline, je n'approuve absolument pas ton geste, mais je peux le comprendre. Nous sommes très différentes toi et moi et, bien que je n'aie pas eu une première impression flatteuse à ton sujet, j'ai vu ensuite ce dont tu es capable. Je trouve dommage que tu fiches tout ça en l'air, mais j'imagine que tu as tes raisons.

— C'est un peu flou, mais oui, j'ai mes raisons. Merci pour tout. Si vous le permettez, je vais aller voir Vautour. J'ai hâte d'en finir avec tout ça. Je passerai prendre la boîte en partant.

— Bonne chance.

J'emprunte le long corridor menant au bureau de mon ex-maître de stage. Les quelques personnes que je croise baissent les yeux ou détournent le regard. Et moi, j'ai juste envie de fredonner *I'm singing in the rain,* allez savoir pourquoi. Je frappe, et sa voix glaciale m'intime l'ordre d'entrer.

— Tiens, te voilà toi ! fait-il en me mitraillant du regard.

Je ne baisse pas les yeux et redresse le torse.

— Maître Vautour, dis-je poliment en inclinant légèrement la tête.

— Je ne te demande pas de t'asseoir, car ce que j'ai à dire sera très court.

— Pas de problème.

— Ce que tu as fait au procès est impardonnable. Tu as trahi ma confiance et celle de notre plus gros client. J'ai dû faire des pieds et des mains pour qu'il ne nous retire pas tous leurs dossiers. C'est loin d'être réglé. Ils envisagent de te poursuivre, conjointement avec nous, en dommages et intérêts pour bris de confidentialité. Et ils ne plaisantent pas.

L'écume lui sort quasiment de la bouche. J'ai l'impression que, s'il le pouvait, il me giflerait.

— Ah bon ? Moi, si j'étais vous, je tenterais de les convaincre d'oublier cela, dis-je avec un sourire en coin.

— Et pourquoi je ferais cela ?

— Parce qu'il n'est pas dans l'intérêt de votre cabinet que cette affaire sorte sur la place publique. D'abord, votre jugement serait remis en cause. Après tout, vous avez confié des documents vitaux à une simple stagiaire qui n'aurait peut-être pas dû être au courant de tout le détail de la cause. Ensuite, si je suis poursuivie, je devrai bien me défendre. Et ça, je vous jure que vous ne voulez pas voir ça.

— Qu'est-ce que tu insinues au juste, Caroline ?

Il fulmine.

— Tout simplement que je n'étais peut-être pas en pleine possession de mes moyens au moment du procès, compte tenu du harcèlement sexuel que je subissais ici, lui dis-je sans sourire.

— De quoi tu parles ?

— Vous savez très bien à quoi je fais référence. Vous étiez là quand Me Tremblay a appelé dans ma chambre, tôt le matin. Je ne suis pas la première et je ne serai sûrement pas la dernière à subir ses avances incessantes. Il y a de quoi déstabiliser n'importe qui. Surtout quand on se rend compte que la pratique est courante entre ces murs.

Il me regarde avec stupeur et haine. Il sait que je sais. Il sait également que je ne bluffe pas. S'il me traîne dans la boue, c'est tout le bureau qui va en ressortir sali. Un-zéro pour moi, très cher maître.

— Sors d'ici, maudite vache. Je ne veux plus jamais te voir la face. T'es finie. Barrée à jamais dans tous les bureaux, je te le jure, crache-t-il en me montrant la porte.

Aïe ! Quand le vernis craque, c'est pas joli joli, ce qu'on trouve derrière… Ne reste qu'à affronter le troll maintenant.

Il m'attend assis derrière l'immense table de travail en bois de rose qui trône au milieu de son bureau. J'y étais déjà entrée à quelques reprises, mais je n'ai jamais réussi à m'habituer à son manque de goût flagrant. Tout ici n'est qu'étalage d'argent. Une quantité incroyable de tableaux originaux, choisis pour leur prix plus que leur beauté, sont accrochés sans aucun sens de l'esthétique. Le message que le visiteur doit saisir dès qu'il met le pied dans son bureau est : « Je suis riche à craquer et je peux tout me payer. » Pathétique. Un enfant qui crie « mon père est plus fort que le tien » ou encore « regarde, je pisse plus loin que toi ».

— Caroline, veux-tu un café ? me demande-t-il plutôt gentiment.

— Non merci. J'aimerais qu'on ne s'éternise pas, s'il vous plaît. Je m'en vais. C'est tout.

— Écoute-moi bien, ma belle. Je pourrais te rendre la vie impossible si je le voulais. Tu le sais sûrement. Mais je n'ai aucunement l'intention de te faire du mal, au contraire. Je pense que tu es exténuée et que tu ne vas pas bien. C'est la seule explication plausible à la folie que tu as commise.

— Vous êtes dans le champ. Je vais très bien.

— Je ne te crois pas. Peut-être n'as-tu pas encore pris conscience des conséquences de ton geste. Mais moi, je suis prêt à t'aider. Tu sais à quel point j'ai de l'affection pour toi, me dit-il d'un air entendu.

— De l'affection ? Vous voulez rire ! Vous me voulez dans votre lit et ça n'a rien à voir avec ce que vous nommez de l'affection.

— Je te jure, Caroline, je crois que je suis en train de tomber amoureux de toi, malgré tout ce que tu as fait.

— Alors vous êtes maso. Mais je ne crois pas un mot de ce que vous dites.

— Tu peux me tutoyer. Tu le faisais avant…

— D'accord. Soyons clairs. Tu ne m'aimes pas et je ne t'aime pas. Fin de la discussion.

—J'ai quelque chose à te proposer. Je suis prêt à accepter le fait que mes sentiments pour toi ne soient pas réciproques. Et je tire un trait sur ce que tu as fait, car je persiste à croire que tu n'étais pas dans ton état normal. Vautour va arranger cela avec la banque et les choses rentreront dans l'ordre. Évidemment, tu ne peux pas rester à l'emploi du cabinet, mais je crois que de toute façon, ce n'était pas dans tes intentions, je me trompe?

—Ça me semble assez évident.

—Voilà qui m'amène à ma proposition. Tu as besoin de repos et de calme. Tu dois réfléchir à ton avenir. J'ai une solution pour toi: je te prête mon condo à Miami quelques semaines. Tu peux partir dès demain, si tu veux, il est libre. Je suis même prêt à payer ton billet d'avion. Tu verras, ça te fera le plus grand bien. Tu auras tout ce qu'il te faut à ta disposition, même la Mercedes que je laisse là-bas pendant l'année.

—Très généreux de votre part. Et qu'attendez-vous en retour?

—Rien, Caroline. Absolument rien. Je veux te prouver mon affection et peut-être te donner l'occasion de mieux me connaître. Je dois passer par Miami quelques jours, la semaine prochaine, et nous pourrions aller souper ensemble. Je connais bien la ville et je te promets une soirée mémorable.

Mais bien sûr. Mon cerveau fonctionne à toute vitesse. J'ai effectivement envisagé de partir quelque temps à l'extérieur de la ville. L'offre tombe à point… Je lui souris.

—C'est très tentant en effet. Je crois bien que je vais accepter, dis-je en baissant les yeux timidement.

—Super! C'est réglé, alors! Je te donne mille dollars pour que tu puisses t'offrir un bon billet et quelques gâteries, lance-t-il en sortant une liasse de billets du tiroir de son bureau.

Il se retient pour ne pas s'en lécher les babines, j'en suis certaine.

—C'est trop, protesté-je faiblement.

—Mais non, si tu savais comme ça me fait plaisir de pouvoir t'offrir ça. Enfin, tu acceptes quelque chose venant de moi. C'est bon signe!

Il a l'air tellement émoustillé que je soupçonne un début d'érection sous le bureau. Pouache! Je prends l'argent, le remercie et quitte prestement.

Je me rends directement à l'agence de voyage et réserve ma place sur un vol pour le surlendemain, histoire de ne pas manquer le dernier con-ci-lia-Bulles avec les copines. Je me hâte de rentrer chez moi, car j'ai pas mal de trucs à faire avant de partir.

14

Levée dès potron-minet pour faire les courses, je suis dans mes casseroles depuis quelques heures lorsque Valérie et Eugénie se pointent chez moi. Pour ce con-ci-lia-Bulles tout spécial, j'ai mis les petits plats dans les grands. Des bouquets de fleurs fraîches égaient mon petit studio et j'ai enfilé une robe de cotonnade toute simple d'un rose pimpant. J'ai même pris la peine de rédiger un menu que j'ai affiché sur le mur, au-dessus de la table.

Con-ci-lia-Bulles nº 12
La maison a le plaisir de vous offrir aujourd'hui
ses plus grandes spécialités

Biscottis aux olives noires
Crème brûlée au bleu et espuma de poire
Tartare de saumon en cuillère
Bisque de homard et son croustillant de parmesan
Noix de Saint-Jacques, lentilles corail et écume d'anis étoilé
Soufflé au Grand Marnier et à l'orange

Bon appétit mesdames !

—Maudite folle que j'adore ! s'écrie Eugénie dès que j'ouvre la porte.

Elle me saute dessus, suivie de près par Valérie. Nous avons l'air de trois Télétubbies en manque de gros câlins.

—Que de la Veuve Clicquot, aujourd'hui, décrète Valérie. Un sabordage aussi grandiose, ça ne mérite rien de moins !

Elle s'empresse de faire sauter le bouchon.

— À ta nouvelle vie, Caroline ! trinque Eugénie. J'avoue que je suis tombée sur le cul quand tu m'as expliqué ce que tu as fait à La Malbaie, mais quand j'ai vu à quel point tu assumes ta décision, j'ai compris. Je suis fière de toi, ma grande !

— Moi aussi ! Moi aussi ! crie Valérie en sautant sur place. Je prends un malin plaisir à répondre à tous ceux qui me demande si tu es devenue folle : non, elle est devenue libre !

— J'imagine leur tête, dis-je en riant. Allez les cocottes, à table, je meurs de faim. J'espère que vous êtes en appétit !

Eugénie, ma gourmande préférée, se dirige vers la table, mais s'arrête net à la vue des deux valises près de mon lit.

— Tu pars ? dit-elle, tout à coup paniquée.

— Je m'offre de petites vacances bien méritées, lui dis-je d'un ton rassurant.

— Tu vas où ? Et tu reviens quand ? me demande Valérie.

— Top secret, lancé-je d'un air mystérieux. Mais je reviens pour les Fêtes, c'est certain. Sinon ma mère va me tuer.

J'aime ces deux filles de tout mon cœur. Je ferais n'importe quoi pour elles. Mais je ne me sens pas prête à partager les détails de ma nouvelle vie. Pas tout de suite.

— Tu t'en vas quand ? me dit Génie d'une petite voix triste.

— Demain, ma puce. Mais je promets que je vous appellerai dès que je serai installée. Juré, craché. Maintenant, à la bouffe ! dis-je en tentant d'alléger l'atmosphère.

Le Veuve Clicquot coule à flots et, sans fausse modestie, le festin que j'ai préparé est délicieux. Les filles n'en reviennent pas et s'empiffrent de tout ce que je leur offre en soupirant d'aise. Le plaisir de recevoir, de faire plaisir et de savourer chaque instant m'est rendu. Valérie, fidèle à ses habitudes, prend les commandes de l'ordre du jour et décrète :

— Caro, on sait maintenant que tu nous abandonnes lâchement à notre petite vie, dit-elle en blaguant. On reviendra à ton cas plus tard. Eugénie, je commence ou tu te lances avec les nouvelles fraîches te concernant ?

— Autant me jeter à l'eau tout de suite, dit-elle, l'air piteux. Je sais que vous allez m'engueuler de toute façon…

—Génie, c'est quoi la règle numéro un des con-ci-lia-Bulles? « Tu ne jugeras point la copine qui s'est plantée, peu importe comment… » Vas-y ma puce, lui dis-je pour la rassurer.

—OK. La semaine passée, alors que tu jouais à Robin des Bois à La Malbaie, je suis sortie au Dagobert avec des filles du bureau.

Jusque-là, pas de problème, à part le fait que je déteste cet endroit. Un vrai *meat market*. Mais Génie aime bien y aller danser.

—Les filles sont parties vers une heure du matin, mais moi je n'avais pas envie de rentrer tout de suite, poursuit-elle. Il y avait un mec, au bar, qui m'était tombé dans l'œil et qui ne me lâchait pas du regard.

Val et moi levons les yeux au ciel en même temps. Rien de nouveau sous le soleil. Sauf que Génie semble vraiment nerveuse à l'idée de nous raconter la suite. Je ne comprends pas. Elle a l'habitude de ne pas se gêner pour narrer ses aventures dans le détail…

—Je l'ai ramené chez moi, comme vous vous en doutez. Il avait l'air si gentil. Drôle. Et sexy à mort. Sauf qu'une fois rendus à la maison, les choses se sont corsées. Je lui ai offert un verre de vin, mais il a préféré sortir un sachet de coke. Il m'a tracé une ligne que j'ai refusée. « C'est du bon stock, tu ne sais pas ce que tu manques. » Pour la première fois de la soirée, je remarquais ses yeux aux pupilles dilatées. « *Fuck,* que je me suis dit, il est gelé comme une balle. » J'étais de plus en plus mal à l'aise. Je lui ai dit que, finalement, je me sentais fatiguée et qu'on pouvait peut-être remettre ça à une autre fois. Il n'a pas apprécié…

—Merde, Génie, qu'est-ce qui s'est passé? lui dis-je en lui prenant la main.

—Il m'a foutu une claque sur la gueule. Je ne l'ai jamais vue venir. Je n'ai pas crié tellement j'étais sous le choc. Il m'a poussée sur le divan en me traitant d'agace et de salope. Il était fort comme un bœuf. Il a arraché ma camisole et ce fut comme un choc électrique ; j'ai hurlé comme une folle en cognant dans le mur du salon. Il m'a foutu une autre baffe et j'ai perdu connaissance, je crois.

Elle parle tout bas, très vite, sans nous regarder, comme si les mots la brûlaient et qu'elle devait les faire sortir le plus rapidement possible. J'ai le cœur serré et le regard que j'échange avec Val m'indique qu'elle ressent la même chose que moi. Nous n'osons pas l'interrompre. Je serre sa main plus fort dans la mienne pour l'encourager à poursuivre, si elle le veut.

— Quand je suis revenue à moi, deux policiers et mon voisin d'à côté étaient là. Pauvre M. Bigras, il tremblait de tous ses membres ! Il avait entendu mes cris, avait fait le 911 et était venu tambouriner à ma porte jusqu'à l'arrivée de la police. J'imagine que c'est ce qui a ralenti les ardeurs du malade mental que j'avais ramené, fait-elle en soupirant. Je lui ai promis de l'emmener souper au resto bientôt. Il a soixante-dix ans et personne ne vient jamais le visiter.

— Eugénie, je ne sais pas quoi te dire, sinon que si je croise M. Bigras un jour, je l'embrasse à pleine bouche, dit Val.

— Moi, je te l'échangerais bien contre ma vipère de voisine, dis-je en soupirant.

— Je sais ce que vous allez me dire : je ne devrais pas ramener chez moi des mecs que je ne connais ni d'Adam ni d'Ève. Surtout quand j'ai un verre dans le nez, ce qui était le cas ce soir-là, bien sûr.

— Pas du tout envie de te faire la morale, lui dis-je en la prenant dans mes bras. Je suis trop soulagée que tu t'en sois sortie seulement avec une bonne frousse. Et s'il te plaît, ne culpabilise pas outre mesure, OK ? Tu sais très bien que tu as le droit de dire non à tout moment.

— Je sais. Mais disons que, la prochaine fois, j'essayerai de refuser dans un endroit public… Mais peut-être n'y aura-t-il pas de prochaine fois, ajoute-t-elle avec un sourire mystérieux.

— Allez, tu ne vas tout de même pas entrer chez les nonnes, lancé-je en riant.

— Jamais ! Mais la vie a plus d'un tour dans son sac. J'ai rendez-vous demain soir avec un des deux policiers qui sont venus ma rescousse, dit-elle en pouffant carrément de rire.

— *Oh my God !* Tu n'en rates pas une ! Tape là-dedans, ma belle, dit Val en lui tendant sa paume ouverte.

La deuxième bouteille de Veuve fait un pop du plus bel effet, question de souligner le soulagement général. Nous attaquons la bisque. J'ai fait griller des plaquettes de parmesan au four pour relever le délicat goût du homard. Joli. Et délicieux.

— Chère presque maître Lemaire, je crois bien que c'est votre tour de vous mettre à table, dis-je à Valérie en me reservant une généreuse flûte de champagne.

— Vous allez savourer, les *girls*… Je suis l'héroïne d'un potin qui, sous peu, fera jaser le milieu en entier… Attachez vos ceintures, mes poules, je me lance !

— T'as l'air un peu survolté, ma chouette, qu'est-ce qui se passe ? demandé-je.

— Me-suis-fait-flusher…

— Quoi ? Marc t'a quittée ! crions-nous de concert, Génie et moi.

— Yep ! *Bye bye my cowgirl*… Net, frette, sec.

— Mais… Comme ça ? Il s'est levé un matin et a décidé de couper les ponts ? demandé-je complètement désarçonnée.

— Disons qu'un appel de la femme de mon amant n'a pas aidé ma cause…

— *Shit !* fit Génie. Lequel ?

— La très élégante et très coincée épouse de Me Prévost a mis la main sur ses relevés de cartes de crédit et a remarqué que son cher mari chargeait une chambre d'hôtel tous les mercredis après-midi. Le *twit* ! Je ne pensais pas qu'il était si con ! Toujours est-il que madame n'a eu qu'à suivre la Lexus de monsieur et nous a vus entrer main dans la main au Germain-des-Prés. Non contente de confronter son idiot de mari, elle a fait des recherches, trouvé le numéro de Marc et l'a appelé pour lui annoncer que je me faisais sauter par son mari. Je ne sais toujours pas ce qui l'a mis le plus en colère : le fait qu'il soit cocu ou le fait que ça se sache…

— Aïe. Comment prends-tu ça ? dis-je de la voix la plus compatissante possible.

— Super bien, merci ! Je vous avoue que c'est probablement ce que je cherchais, plus ou moins consciemment. J'étais bien trop lâche pour faire un geste d'éclat – je ne m'appelle pas

Caroline Grenier, moi –, mais j'ai ressenti une espèce de soulagement à l'idée que tout était à découvert et que je pouvais recommencer à zéro. Je ne suis pas folle, je sais bien que ce que je vivais n'était pas très sain.

Effectivement, elle semble totalement zen. À la limite, heureuse. Je la sens sincère dans son désir de repartir sur des bases nouvelles. Somme toute, mes copines se portent bien, malgré les remous. Je peux partir l'âme en paix.

D'autres bouteilles de Veuve font pop! Je me sens si bien, enveloppée de ces amitiés que je sais indéfectibles, durables, précieuses. Elles seront là à mon retour, peu importe quand et comment. Je n'ai pas besoin de m'expliquer. Elles me prennent comme je suis. Et c'est assurément le plus beau cadeau que la vie m'a jamais fait.

15

Il me reste un peu de temps avant d'appeler le taxi qui me mènera à l'aéroport. J'entreprends de faire le tri du courrier qui avait atterri dans mon pigeonnier au bureau. Outre les mémos quotidiens, quatre lettres cachetées s'étalent devant moi. Je reconnais l'écriture de Luc, mon toutou de costagiaire, sur l'une d'elles.

Chère Caroline,

Je n'aurai pas le plaisir de te parler avant ton départ définitif du bureau pour la simple et bonne raison que je t'ai devancée! J'ai reçu une offre du ministère du Revenu, et je vais compléter mon stage là-bas. Ils m'ont déjà offert un poste permanent pour après mon assermentation. Je quitte ce bureau avec joie, compte tenu du stage vraiment poche que je me tapais ici. J'ai su ce qui est arrivé à La Malbaie. Je ne connais pas les détails de l'affaire, mais je suis convaincu que tu as fait ce que tu croyais bien. Sois heureuse, sexy gal, peu importe comment!

Ton compagnon de table

Luc

Tiens, plus de stagiaires chez Tremblay, O'Connell et Vautour... Ils vont manquer de chair à canon. Les deuxième et troisième lettres arborent également l'en-tête du bureau. J'en ouvre une au hasard.

Caroline,

J'ai appris avec stupeur que vous nous quittiez. Je suis convaincu qu'il existe une explication à ce départ précipité. Accepteriez-vous de souper avec moi, à une date et un lieu choisi par vous, afin de m'expliquer la situation ? Je vous en saurais gré, chère Caroline. Faites-moi signe.

Votre dévoué

Me Philipp O'Connell

Je passe à un cheveu de m'étouffer avec mon café en lisant cela. Me O'Connell fait figure de légende. Depuis des années, il ne s'occupe d'aucun dossier, ne fait que quelques brèves apparitions au bureau et passe le plus clair de son temps sur les terrains de golf un peu partout dans le monde. Il a bâti une fortune colossale dans l'immobilier et est reconnu pour son goût prononcé pour les jeunes femmes. Ses nombreux mariages et divorces en font foi. Personnellement, je l'ai croisé à deux ou trois reprises seulement, mais je sais qu'il m'a remarquée. Je ne suis pas étonnée qu'il semble tout ignorer de l'histoire de La Malbaie. Les autres associés ne le tiennent pas au courant de quoi que ce soit. Il erre sur les verts, confiant que tout va pour le mieux dans le meilleur des mondes. J'imagine que mon départ constitue pour lui une possible porte ouverte sur une nouvelle proie, hors conflit d'intérêt.

L'autre lettre provient, à ma grande surprise, du jeune coq du bureau, Me Murphy.

Caro,

C'est moche ce qui arrive, mais je t'avoue que je me fous de ce que tu as fait. Je t'ai toujours trouvée cool et je n'ai pas envie de te perdre de vue. J'aimerais aller souper avec toi bientôt. Je ne te l'ai jamais demandé avant parce que ça ne se fait pas – don't mess with the payroll –, mais comme tu es partie, peut-être pourrions-nous profiter de l'occasion pour mieux nous connaître ?

Appelle-moi

James

Coudonc, ils se sont donné le mot ou quoi ? Je comprends la logique débile de leur démarche : elle ne travaille plus pour le cabinet, donc pas de problème, on peut maintenant essayer de se la faire. James a été poli, la vraie expression est plutôt *don't FUCK with the payroll...* Subtil en diable. Mais ce serait fort impoli de ne pas répondre à de si touchantes missives, non ? Ma maman m'a bien élevée, après tout. Je choisis la fonction message texte de mon cellulaire. Je n'utilise jamais ce truc, car je déteste chercher les lettres sur le clavier ; je suis nulle en matière de technologie. Mais une fois n'est pas coutume, et j'ai encore en mémoire les numéros de tous les avocats du bureau.

Cher Me O'Connell,

Merci de l'intérêt que vous me portez, j'en suis très flattée. J'accepte votre proposition avec plaisir. Je vous propose un rendez-vous au Laurie Raphaël ce vendredi, à 19 heures. Je vous attendrai au bar. Au plaisir de vous y retrouver. Caroline.

Et de un.

Cher James,

Je suis surprise, mais flattée par ton invitation. J'accepte avec grand plaisir. Je te suggère le Laurie Raphaël, ce vendredi, vers 19 heures. Est-ce que ça te va ? Je t'attendrai au bar. Caroline.

Et de deux.

Je regarde la dernière enveloppe qui m'est adressée. Rien n'indique sa provenance. Il n'y a que mon nom, écrit d'une belle calligraphie toute en rondeurs. Une plume d'artiste. À l'intérieur, un simple billet sur lequel est inscrit : 12, boulevard du Palais, 75001 Paris. Guillaume. Un doux frisson parcourt mon échine. Je range l'adresse dans mon sac et referme le tiroir qui est réservé à mon amant d'un soir dans ma tête. Pour l'instant, c'est mieux ainsi.

Mon cellulaire m'avertit que j'ai reçu un message texte. Qui a été le plus rapide sur la détente ?

« Super, Caro. Je serai là. J'ai hâte ! James. » Il n'a pas hésité. Le temps d'appeler sa copine attitrée pour lui dire, à l'avance, qu'il aurait à travailler très tard, vendredi soir, sur ce foutu dossier de M. Trucmachin. Prévenant, quand même. Plein d'attention. Je l'imagine très bien lui suggérer d'organiser une petite sortie avec ses copines pour l'occasion.

J'appelle le taxi. Je jette un dernier coup d'œil à mon petit appartement. Je n'ai pas eu à le sous-louer. Le loyer des prochains mois est réglé. La deuxième clé a été confiée à Eugénie, qui s'occupera de venir jeter un œil et arroser les plantes à l'occasion. La commère officielle de l'immeuble, avisée de la chose, s'était enquise des raisons de mon départ. « M'en vais faire un stage d'un an comme danseuse du ventre », avais-je eu envie de répondre.

— Ça ne vous regarde pas, madame Richer.

— Si le propriétaire est d'accord, je ne peux pas m'y opposer, bien entendu, avait-elle fait d'un ton fielleux. *Nobostant* cela, je me ferai un devoir de garder l'œil ouvert afin d'éviter toute utilisation non permises des lieux.

— No-nob-stant ce que vous venez de dire, avais-je répondu en articulant, allez vous faire voir, madame Richer. Et bonnes séances de touche-pipi avec vos petits amis en mon absence.

Sa bouche s'était ouverte en un énorme trou laissant voir la blancheur factice de son dentier. « Comment osez-vous insinuer… », l'avais-je entendue marmonner dans mon dos alors que je retournais préparer mes bagages chez moi.

J'ai un petit pécule de côté. À la mort de papa, maman avait divisé le montant de l'assurance-vie entre mon frère et moi. Je gardais cet argent afin de m'acheter une bagnole, une fois devenue officiellement Me Grenier, standing oblige. L'argent servira plutôt à conserver mon pied-à-terre et à financer ma nouvelle vie. Merci papa, tu me permets de prendre mon envol. Je verrouille la porte et enferme mes démons à l'intérieur. Entre-dévorez-vous, je vous quitte.

La puissance du sentiment de liberté que je ressens en disant au chauffeur de taxi de m'emmener à l'aéroport me prend par surprise. J'ai l'impression que j'aurais la force de voler de mes propres ailes jusqu'à l'avion qui m'attend sur le tarmac ! Mon cellulaire vibre. Un autre message texte. « Très chère Caroline, je suis profondément heureux que vous acceptiez mon invitation. Ce que vous proposez me convient parfaitement. J'y serai avec grand plaisir. Vous pouvez m'appeler William ☺. » J'éclate de rire et le chauffeur me jette un coup d'œil intrigué dans le rétroviseur. *Bon appétit, messieurs!*

Après avoir enregistré mes bagages, je m'installe au bar et commande un verre de vin rouge. Puis un deuxième. Il y a des habitudes qui ne se perdent pas... Je repense à la conversation que j'ai eue hier avec ma mère. Elle m'a surprise par son empathie. J'appréhendais de devoir lui annoncer que j'ai tout balancé et que je quitte le pays pour une période indéterminée. « Caroline, j'ai toujours eu confiance en toi, ma chérie. Si tu crois que ton bonheur est ailleurs, va le chercher. Et ne laisse personne te persuader du contraire. Ton cœur seul sait ce que tu dois faire. N'écoute que lui. » Oh maman, si tu savais à quel point tes paroles m'ont fait du bien. Non pas que je doute de ma décision ; je n'ai jamais été aussi certaine de quoi que ce soit. Mais on demeure toujours un petit enfant face à nos parents, et leur approbation, peu importe l'âge qu'on peut avoir, n'a pas de prix.

Je ne sais pas ce qui m'attend sur le chemin que j'emprunte à l'aveugle. Rien de prévu. Rien de planifié. Je pars dans une dérive volontaire où la seule attente que j'ai est d'être fidèle à moi-même. Rien et tout à la fois. Y a-t-il plus grand défi que de découvrir qui on est véritablement ? Au-delà des dogmes qu'on nous enfonce de force dans la gorge depuis l'enfance, il doit bien y avoir autre chose. Une vérité qu'on ne peut dévoiler qu'en se mettant en danger. C'est tout ce que j'attends de cette aventure. Me retrouver, quelque part, et me dire : « Enchantée de faire ta connaissance. » Enfin.

***

« Nous volons présentement au-dessus de l'océan Atlantique. Notre vitesse de croisière est de neuf cents kilomètres par heure et nous sommes à trente-trois mille pieds d'altitude. Pas de turbulences en vue. Nous devrions atteindre l'aéroport

Charles-de-Gaulle à l'heure prévue, soit six heures, heure de Paris. Bonne fin de vol.»

Paris. La ville qui s'est inscrite dans mon parcours sans que je la cherche. Elle m'a trouvée. Je la sens prête à m'accueillir les bras ouverts. L'adresse, au fond de mon sac, ne servira peut-être jamais. Je ne suis pas là pour lui, mais pour moi. Seulement pour moi. Je veux poursuivre seule, du moins pour le moment, le voyage au bout de ce que je suis.

Épilogue

Il fait trente et un degrés à l'ombre. Miami est étouffante. Me Roger Tremblay a enfilé son plus beau polo, a peigné vers la droite ce qui lui reste de cheveux et enduit son gros corps de son eau de Cologne préférée. Il se sent puissant, gourmand et très satisfait de lui-même lorsqu'il emprunte l'ascenseur qui mène au quatorzième étage du luxueux immeuble qui abrite son non moins luxueux condominium. Il l'imagine vêtue d'un minuscule bikini, la peau déjà dorée par quelques jours sous le soleil floridien. Il sent déjà son membre se durcir : *Calme-toi, tu auras tout le temps de savourer chaque partie de son anatomie. Elle est à toi. Tu as gagné, encore une fois.*

Il décide de sonner, bien qu'il ait le double de la clé dans sa poche. Le bouquet de roses qu'il tient à la main embaume tout le corridor. La porte s'ouvre et il découvre avec stupeur une femme d'un âge certain vêtue d'un maillot une pièce fleuri. Il recule, vérifie qu'il ne s'est pas trompé de porte. Mais non, c'est bien son appartement.

— Bonjour ! s'écrie la dame. Vous devez être maître Tremblay ! Mais entrez, entrez donc. Je ne vous dirai pas de faire comme chez vous… vous êtes chez vous ! ajoute-t-elle en éclatant d'un rire qui, tout en dévoilant son dentier d'un blanc aveuglant, rappelle étrangement le bruit d'un porcelet qu'on égorge.

— Mais qui êtes-vous ? Et où est Caroline ?

— Je suis sa tante Gertrude, et voici mon amie Thérèse, fait-elle en pointant un doigt en direction du fauteuil où est assoupie une énorme femme enroulée dans une serviette de bain qui laisse entrevoir une quantité impressionnante de plis de peau. Caroline nous avait dit que vous passeriez faire un tour. Avoir su que c'était pour aujourd'hui, je me serais mise sur mon trente-et-un, surtout que vous nous avez même apporté des fleurs, dit-elle coquettement.

—Caroline n'est pas là ?

Il ne comprend plus rien et son cerveau n'arrive pas à assimiler ce que ses yeux voient.

—Ben non. Caroline est à Paris. La belle chouette, fait-elle avec un soupir. Tellement fine, pis tellement généreuse. Imaginez-vous donc qu'elle a même payé nos billets d'avion ! Huit cent soixante-quinze dollars ! J'ai dit non, au début, mais comme je suis veuve depuis peu et que mon mari était alcoolique…

Elle continue de parler, mais Me Roger Tremblay n'entend plus rien. Il a la nausée. La chaleur, le parfum des roses mêlé à celui de la tante Gertrude – une représentante Avon qui croit en ses produits – et l'arôme, plus subtil celui-là, de la défaite pure et dure le prennent à la gorge. Il tend le bouquet à la dame, s'excuse et s'apprête à reprendre l'ascenseur lorsqu'elle l'interpelle.

—Attendez ! Caroline m'a laissé ça pour vous, fait-elle en lui tendant une enveloppe rose.

Il la prend, s'engouffre dans l'ascenseur et ouvre la missive. À l'intérieur, cent vingt-cinq dollars et une note :

Tante Gertrude a la réputation d'être une femme très très chaleureuse. Et je crois que vous avez à peu près le même âge… ☺

Des recettes et des con-ci-lia-Bulles

Cocktail de crevettes sur une gelée d'agrumes et purée d'avocat

2 oranges
1 pamplemousse
1 citron vert
1 sachet de gélatine
2 avocats bien mûrs
2 échalotes
1 gousse d'ail
le jus de 2 citrons
1 c. à thé de moutarde
une pincée de piment de Cayenne
10 belles crevettes cuites
25 cl de crème fraîche
caviar de hareng

Peler à vif les suprêmes des oranges, du pamplemousse et du citron vert. Les cuire dans une petite casserole ; incorporer la gélatine, bien mélanger et répartir dans des coupes ou petits verres. Faire prendre au froid. Peler les avocats et les couper en morceaux. Mélanger les morceaux avec les échalotes ciselées, l'ail, le jus de citron, la moutarde et le piment. Monter la crème très froide jusqu'à ce qu'elle soit bien ferme ; assaisonner et ajouter de la coriandre ou ce que vous avez sous la main. Décortiquer les crevettes et couper en petits tronçons. Lorsque la gelée d'agrumes est prise, déposer une couche de purée d'avocat, les morceaux de crevettes, puis garnir avec la crème fouettée salée. Finir en décorant de quelques grains de caviar.

Pâtes au saumon fumé et vodka
50 ml de beurre
375 ml de crème à fouetter
30 ml de vodka
250 g de saumon fumé, coupé en dés
2 ml de sel ou plus, au goût
2 ml de poivre
30 ml d'aneth frais, haché
375 g de fettuccine
125 ml de parmesan râpé

Faire fondre le beurre lentement dans une grande poêle profonde. Ajouter la crème. Porter à ébullition et ajouter la vodka. Réduire la chaleur et faire cuire à feu doux 3 ou 4 minutes pour faire épaissir un peu. Ajouter le saumon fumé, le sel, le poivre et l'aneth. Retirer du feu.

Faire cuire les fettuccine jusqu'à tendreté dans une grande marmite d'eau bouillante salée.

Bien égoutter les pâtes. Réchauffer la sauce. Verser les pâtes égouttées dans la poêle, avec la sauce chaude. Retourner délicatement les pâtes en les réchauffant à feu doux jusqu'à ce qu'elles soient bien enrobées, et que la sauce soit épaisse et crémeuse.

Saupoudrer de fromage si désiré. Goûter et rectifier l'assaisonnement au besoin.

Biscottis aux olives noires
Pour environ 15 biscottis

175 g de farine
40 g de polenta

½ sachet de levure chimique
40 g d'huile d'olive
6 cl de lait
3 g de fleur de sel
le jus de 1 citron
1 œuf
50 g d'olives noires dénoyautées
20 g de pignons
20 g de pistaches vertes
2 c. à soupe de mélange sésame, lin, millet

Tamiser la farine et la levure, ajouter l'œuf, la polenta, l'huile, le lait, 2 g de fleur de sel, le zeste de citron et le jus. Faire une boule avec la pâte obtenue, l'aplatir et y répartir les olives, les pignons et les pistaches. Fermer la pâte, pétrir légèrement et former un boudin de pâte. Le rouler dans le mélange de graines. Réserver au frais 15 minutes. Faire cuire de 35 à 40 minutes à 350 °F (170 °C) et laisser refroidir sur une grille. Couper des tronçons de 1 cm d'épaisseur et les passer 10 minutes au four pour les dorer un peu.

Crème brûlée au bleu et espuma de poire
Pour 6 ramequins

150 g de crème à cuisson (à 15 % ou 35 %)
2 jaunes d'œufs
60 g de roquefort ou autre bleu, à votre goût
160 g de crème à 35 %
100 ml de nectar de poire
1 poire bien mûre
1 poire pas trop mûre
sucre glace

Fouetter les jaunes d'œufs et ajouter la crème doucement pour ne pas créer de mousse. Verser dans les ramequins et ajouter le fromage coupé en morceaux. Faire cuire 50 minutes à 250 °F (110 °C). Si, au bout de 50 minutes, la crème brûlée reste encore trop liquide, augmenter la température à 325 °F (160 °C) pendant 5 minutes, tout en évitant l'ébullition.

Couper la poire pas trop mûre en fines tranches à l'aide d'une mandoline, les déposer sur une plaque à cuisson recouverte d'une feuille de papier sulfurisé et les saupoudrer de sucre glace. Les poires doivent cuire de 1 h 30 à 2 heures à 175 °F (80 °C) afin de sécher, mais sans brûler ; baisser la température si elles prennent une coloration. Laisser refroidir dans le four éteint.

Mélanger la crème et le nectar et placer ce mélange dans un siphon avec une cartouche de gaz. Laisser au frais au moins 2 heures.

Couper la poire bien mûre en morceaux et les répartir sur les crèmes. Au moment de servir, secouer le siphon et couvrir les poires de mousse. Décorer d'une croustille de poire et servir aussitôt, car la mousse retombe rapidement.

Tartare de saumon en cuillère
Par cuillère

20 g de saumon frais coupé menu
une petite échalote, finement hachée
ciboulette et aneth, finement hachés
une pointe de moutarde
huile d'olive

Mélanger le tout. Dresser en forme de quenelle dans une cuillère (type cuillère chinoise). Décorer d'une brindille d'aneth et de grains de poivre rose et, au goût, d'une pointe de crème aigre.

Bisque de homard et son croustillant de parmesan

1 ou 2 homards de 1 ¼ à 1 ½ lb
pour 250 g de homard coupé en cubes
1 l de crème à 15 %
125 g de beurre
60 g de farine
30 g de pâte de tomate
5 g de paprika
1 pincée de muscade
30 à 50 ml de sherry
Sel et poivre au goût

Prendre la viande des homards et la couper en dés. Garder les coquilles et les queues, et les mettre dans la crème et 60 g de beurre pour cuire à feu doux pendant 15 minutes. Enlever les coquilles et réserver le liquide. Dans une casserole à haut rebord, faire fondre le reste du beurre à feu doux et mettre la farine en brassant. Cuire pendant 5 minutes en remuant pour ne pas faire brunir la farine. Ajouter la pâte de tomate, la muscade et le paprika. Ajouter la crème et le sherry. Laisser mijoter pendant 5 minutes. Mettre le homard coupé en dés à réchauffer. Laisser mijoter encore 5 minutes et ajouter sel et poivre au goût. Servir avec un croustillant de parmesan en décoration.

Croustillant de parmesan
Déposer 15 ml de parmesan râpé frais en fine couche arrondie sur une plaque allant au four. Cuire au four à 300 °F (150 °C) environ 15 minutes ou jusqu'à légère coloration. Sortir le croustillant de parmesan du four et le placer dans une assiette. Laisser refroidir.

Noix de Saint-Jacques lentilles corail et écume d'anis étoilé
Pour 2 personnes

6 noix de Saint-Jacques (pétoncles)
1 oignon
1 gousse d'ail
1 carotte
120 g de lentilles corail
1 cube de bouillon de volaille
1 dl de lait entier
5 dl de bouillon de légumes
130 g de crème liquide
1 cuillère à café de lécithine de soja
4 étoiles d'anis

Faire chauffer un filet d'huile d'olive dans une poêle ; ajouter l'oignon émincé ainsi que la gousse d'ail. Faire suer à feu doux sans coloration. Ajouter ensuite les lentilles ; bien mélanger avec une cuillère en bois. Mouiller avec 4 dl de bouillon de légumes, ajouter la carotte pelée et coupée en petits morceaux.

Cuire à feu doux 20-25 minutes. Au terme de la cuisson, récupérer l'excédent de bouillon et faire réduire de moitié dans une casserole. Incorporer 50 g de crème liquide, laisser épaissir, puis ajouter les lentilles.

Dans une casserole, verser le lait, 1 dl de bouillon de légumes, 80 ml de crème liquide, un cube de bouillon de volaille, l'anis et amener à ébullition pendant une minute. Couvrir et laisser infuser une vingtaine de minutes. Filtrer ensuite cette infusion et ajouter la cuillerée de lécithine de soja. Émulsionner vivement à l'aide d'un mixeur plongeant afin de rendre l'infusion très mousseuse en surface. Pour un résultat optimal, il est préférable d'émulsionner dans un récipient haut et étroit afin d'obtenir un concentré de petites bulles. La lécithine est un émulsifiant qui fixe l'écume qui se forme et que l'on retire au dernier moment.

Assaisonner les Saint-Jacques et cuire à la poêle dans un peu d'huile d'olive. Les colorer une minute de chaque côté.

Émulsionner à nouveau l'infusion d'anis au besoin. Dresser les lentilles et les noix de Saint-Jacques harmonieusement sur l'assiette de service. Ajouter 1 ou 2 cuillerées d'émulsion et servir sans attendre.

Soufflé au Grand Marnier et à l'orange
Pour 6 personnes

30 g de beurre fondu
30 g de sucre en poudre

Sauce
70 ml de jus d'orange
85 ml de crème fraîche
75 g de sucre en poudre
50 g de beurre
30 g de fécule de maïs
15 ml d'eau

Soufflés
250 ml de lait
65 g de sucre en poudre
3 jaunes d'œufs
75 g de farine
70 ml de jus d'orange
30 g de zeste d'orange
60 ml de Grand Marnier
4 blancs d'œufs
30 g de sucre en poudre en supplément
15 g de sucre glace

Préchauffer le four à 350 °F (180 °C).

Beurrer six moules à soufflé d'une contenance de 120 ml. Y verser un peu de sucre en poudre en tournant les ramequins pour que le sucre adhère à la surface.

Sauce

Mettre le jus, la crème, le sucre et le beurre dans une casserole. Remuer et porter à ébullition. Réduire la flamme et laisser mijoter 3 minutes. Mélanger la fécule de maïs et l'eau. Ajouter à la sauce et fouetter sur feu doux 1 minute, jusqu'à ce que le liquide épaississe et soit lisse.

Soufflés

Porter le lait et 15 g de sucre en poudre à ébullition dans une casserole. Battre les jaunes d'œufs et le sucre restant. Ajouter la farine et bien mélanger. Ajouter peu à peu le lait. Remettre dans la casserole. Ajouter le jus, le zeste et l'alcool, et mettre dans un bol. Laisser refroidir légèrement.

Battre les blancs d'œufs en neige. Ajouter le sucre en supplément et battre jusqu'à dissolution. Incorporer les blancs d'œufs dans la crème en pliant. Remplir les ramequins aux trois quarts. Cuire 25 minutes, jusqu'à ce qu'ils soient dorés. Saupoudrer de sucre glace et servir, accompagné de la sauce présentée dans une jatte.

Crédits

Les recettes *Biscottis aux olives noires* et *Crème brûlée au bleu et espuma de poire* sont tirées du site Amuses Bouche – www.amusesbouche.canalblog. com –, avec l'autorisation de l'auteure, Sylvie Aït-Ali.

La recette *Cocktail de crevettes sur une gelée d'agrumes et purée d'avocat* est tirée du site Assiettes gourmandes – www.assiettesgourmandes.fr –, avec l'autorisation de l'auteure, Chantal Descazeaux.

Remerciements

À Monique H. Messier, mon éditrice, merci.
   Pour la confiance, le cran, l'aide et la gentillesse.
   Ce roman n'existerait pas sans toi.
   Vive la synchronicité!